L'HOMME QUI AIMAIT MA FEMME

Italienne, Simonetta Greggio écrit en français. Elle est l'auteur de quatre romans parus chez Stock : *La Douceur des hommes* (2005), *Col de l'Ange* (2007), *Les Mains nues* (2009) et *Dolce Vita 1959-1979* (2010). Elle a aussi fait paraître une longue nouvelle (*Étoiles*, Flammarion) et un recueil de nouvelles (*L'Odeur du figuier*, Flammarion).

Paru dans Le Livre de Poche :

COL DE L'ANGE
DOLCE VITA 1959-1979
LA DOUCEUR DES HOMMES
ÉTOILES
LES MAINS NUES
L'ODEUR DU FIGUIER

En collaboration avec Frédéric Lenoir :

NINA

SIMONETTA GREGGIO

L'homme qui aimait ma femme

ROMAN

STOCK

ISBN : 978-2-253-17540-7 – 1re publication LGF

à Frédéric

« Ah, croyez-moi, on n'est heureux que par l'amour. »

LACLOS, *Les Liaisons dangereuses*

Trahir est une prise de liberté.

ANONYME

Alexandre avait prié son petit frère de lui décrire cette fille de nouveau, car il avait adoré comment il parlait d'elle. Yann avait donc répété ce qu'il venait de dire, qu'il l'avait draguée à la sortie du cinéma où il était allé voir le dernier film de Godard, *Pierrot le Fou*. Visage de madone et corps voluptueux, Maria s'exprimait avec une candeur mâtinée de gros mots, gros mots dont on se demandait si elle connaissait le sens exact, des phrases qui, surgissant de cette bouche pulpeuse, faisaient déjà à moitié bander, et dont on avait honte pour elle, car ses yeux, et Yann l'avait rapporté plusieurs fois à son aîné comme pour s'en persuader lui-même, étaient ceux d'une petite fille qui aime les chiens et les chevaux, les enfants et les tartes aux pommes, mais qui envisage tout de même de laisser tomber ses études un an ou deux pour faire le tour du monde dans un bus de beatniks – c'est ainsi qu'elle nommait les hippies – avec un sac à dos et ses mains pour tout oreiller.

Je les vois attablés à la terrasse d'un café du boulevard Saint-Michel en cet automne 1965. Dans mon esprit, l'image des deux frères est aussi nette que si je regardais une photo, prise cette journée de novembre dans un tendre Paris couleur sépia. Ils sont là devant des tasses vides, cigarette aux lèvres et cheveux trop longs sur le cou, des étudiants s'efforçant d'avoir l'air décontracté alors que leurs pantalons portent encore la marque du fer à repasser imprimée par leur mère, un pli en lame de rasoir sans lequel elle serait horrifiée de les voir sortir.

Au printemps, les deux frères avaient assisté au concert des Beatles au palais des Sports. Depuis, ils tentaient de se conformer, avec des résultats inégaux, à la tenue vestimentaire étudiée sur les autres jeunes gens ce soir-là.

Je suis sûre que sur *Twist and Shout*, Alexandre hurlait. Yann, lui, devait se taire et observer.

Alexandre, l'aîné, tête ébouriffée, chemise blanche et fine cravate noire, avait suspendu au dos de la chaise de bistrot la veste courte, un peu serrée, qu'il portait sur l'épaule en marchant. Un sourire errait sur ses lèvres, une fossette creusait sa joue gauche, une barbe de quelques jours jetait de l'ombre sur son menton et sa lèvre supérieure. Il n'avait pas l'air tout à fait réveillé.

Yann, lui, était assis un peu de travers, comme prêt à se lever d'un instant à l'autre. Son regard, masqué par des lunettes dc soleil aux verres éraflés, des Ray-Ban qui avaient appartenu à leur père, passait alternativement de son frère à la rue. Du bout des doigts il écrasait un morceau de croissant, son pied tapait par terre à intervalles réguliers. Il se tenait tête penchée, mais la levait par moments pour la baisser ensuite sur la table en formica, où ses mains impatientes avaient aligné sucre et miettes.

Si un passant avait pu saisir son expression et contempler son visage en entier, ne serait-ce qu'un instant, il aurait été frappé par la mobilité de ses traits. Dans cette rapidité de perception, l'éclat bleu argent de ses yeux aurait ressemblé à un miroitement de soleil dans l'eau, vite effacé.

Fallait-il que Yann ait eu confiance en son aîné pour lui parler de Maria en ces termes-là. Fallait-il aussi qu'il soit sûr de lui. Ou alors, peut-être était-ce sa façon de dire, Attention, c'est moi qui l'ai vue le premier. N'y songe même pas.

Alexandre, persifleur, voulut savoir ce que Yann pensait. Couchait-elle, selon lui ?

Yann resta silencieux. Il mordillait sa langue, comme chaque fois qu'il examinait une situation compliquée. Alexandre connaissait cette moue pour l'avoir souvent vue lorsqu'ils appareillaient leur cotre, l'été.

Yann redit à Alexandre, laissant des pauses entre les mots, qu'il était troublé comme cela ne lui était jamais arrivé. Maria présentait à ses yeux un mélange explosif de grâce, de conformisme, de curiosité et d'innocence au potentiel érotique absolu.

C'est donc une sotte ? rugit le grand frère en riant. Yann garda encore quelques instants le silence, puis répondit, Oui et non, je crois plutôt que c'est une passionnée, une fille qui couche sans que tu la supplies, qui adore le faire, et qui appelle ça de l'amour.

1

Et comment mon petit frère pouvait-il savoir si Maria couchait alors qu'à cette époque il était encore puceau, de ça je suis certain, même si, lorsqu'il nous arrivait d'en parler, il détournait le regard et ricanait. Il évitait les questions directes, se moquait de mes grands airs, mais je savais qu'il m'écoutait et prenait note de tout. Je me souviens encore de mon laïus – il devait avoir dix-sept ans, la bouche entrouverte il me fixait sans ciller –, Si tu veux ramasser des nanas fais philo, mon pote. Elles adorent quand vous leur parlez d'Aristote et de Socrate, ça leur donne l'impression que vous êtes un type avec une belle âme, c'est plus décent de se laisser peloter par la suite : comme si, parce que vous appréciez les pitreries de Diogène et que vous avez lu le *Banquet*, vous n'étiez qu'un pur esprit, alors qu'en fait vous êtes en train de visualiser leur minou et de chercher le plus bref chemin pour y parvenir. Fais philo, c'est ça qu'il te faut, j'avais dit à Yann – et je pensais que c'était réellement la seule discipline noble, *gratuite*. Ça lui correspondait parfaitement.

Je crois que mon petit frère ne savait pas ce dont il avait envie. Pour tous les deux, le saut de notre province à Paris avait été saisissant. À l'arrivée de Yann, j'étais inscrit en fac de lettres. J'estimais ne pas avoir besoin des Grecs pour emballer les filles, Robbe-Grillet pouvait faire l'affaire si je veillais à m'en tenir à des propos sibyllins auxquels je mêlais de temps en temps des phrases plus compréhensibles, tout d'un coup elles se sentaient intelligentes parce qu'elles avaient enregistré un mot ou deux de mon charabia, et qu'est-ce qu'elles ont pu se faire suer, les pauvres chéries, à lire mes soi-disant auteurs de chevet, Blanchot et Butor, alors que je me délectais secrètement de Balzac, Stendhal et Flaubert. Oui, c'est vrai, j'étais un pauvre type, comme me l'avait dit, hurlé plutôt, une fille qui m'avait largué au petit-déjeuner. Le soir même, prise de remords, elle était revenue chez moi pour faire la paix, et me découvrant au lit avec l'une de ses amies elle avait piqué sa crise, mais était-ce ma faute ? Son amie était venue me consoler, et que pouvait-elle se dire d'autre que, S'il s'est conduit comme ça avec moi, il se conduira de la même manière avec elle ? Pour les deux, d'ailleurs, le raisonnement était valable, alors pourquoi tant d'histoires, mieux valait me perdre que me trouver, non ?

J'ignore en fait, j'ai toujours ignoré à quel moment mon frère s'est enfin jeté dans la mêlée, à quel moment il s'est débarrassé de sa virginité pour devenir ce garçon énigmatique dont les camarades de cours tombaient dramatiquement amoureuses, et j'ignore aussi s'il s'est jamais montré aussi efficace, sinon aussi cynique que moi, les trois années qui nous séparaient me donnant d'emblée le rôle de grand frère indépassable. Je le soupçonne toutefois d'avoir été, en ce temps-là, d'une pudeur et d'une tendresse qu'il ne m'aurait avouées pour rien au monde. Qu'il ne s'avouait pas à lui-même, peut-être, tant notre enfance nous avait enfermés dans des rôles précis, lui en adoration, moi en représentation, maman entre nous deux, affairée, aimante – et rigide. Maman, la femme-d'un-seul-homme ! Maman, pour laquelle la position du missionnaire avec un genou levé était déjà une déviance sexuelle... Ne nous l'avait-elle pas assez répété qu'elle n'avait chéri que notre père, mort quand nous étions enfants, et nos souvenirs se réduisaient à l'odeur des Craven A flottant dans son bureau, à quelques sorties en mer avec le *Bonheur*, le cotre aux voiles rouille, à la grosse montre suisse qu'il remontait tous les soirs et dont le tic-tac, lorsqu'il nous prenait dans ses bras, nous émerveillait, puis à la pluie et à la profondeur de la fosse, au nombre de tantes dont il avait fallu supporter les baisers baveux de rouge à lèvres – un rouge à lèvres qu'elles effaçaient ensuite sur nos joues avec leurs mouchoirs mouillés de salive, et on ne savait pas ce qui était pire, ces baisers larmoyants ou l'odeur de leur salive sur nos visages.

Cet après-midi-là, nous nous étions tenus côte à côte, Yann et moi, dans nos costumes de funérailles, blazer bleu aux boutons dorés, pantalons en flanelle grise et chaussures noires, des nains devant l'énorme fosse ouverte. Yann ne cessait de reculer et moi je le poussais en avant, juste au bord, encore plus près, si près qu'il n'eût fallu qu'un demi-centimètre de plus pour que la terre cédât, si près qu'un pas de plus nous aurait précipités tous deux en bas, à cogner contre le cercueil couvert de fleurs. Aucun de ces adultes ne se rendait compte du danger. C'était comme un jeu, je poussais Yann, il reculait, je recommençais, et là, au milieu de tous ces gens, nous étions seuls. Notre père gisait dans cette caisse ridicule, sans même un trou pour respirer, d'ici quelques minutes on le recouvrirait de terre, et *nous l'avions totalement oublié*, absorbés par notre pas de deux.

En revenant du cimetière, la pluie ayant cessé, nous étions restés à la traîne des tantes, oncles, cousins et cousines. Personne ne faisait attention à nous. Yann me racontait je ne sais quoi, je l'écoutais d'une oreille distraite, et soudain je me suis retourné vers lui, m'arrêtant au milieu du chemin boueux. Il s'est arrêté également. Je crois que nous avons dû rester comme ça au moins une minute avant qu'il ne se mette à pleurer, et moi aussi, et nous avons sangloté l'un devant l'autre sans bouger, les bras le long du corps, les larmes qui coulaient sur nos joues mêlées aux gouttes de pluie qui avait recommencé à tomber.

Il n'y a plus de whisky, Allis. Je vais descendre en acheter une autre bouteille. Je sais qu'il est tard, mais attendez-moi.

2

Allis, c'est moi, mais l'histoire de ce livre n'est pas la mienne. C'est celle d'Alexandre, de Maria et de Yann – d'Élisabeth et de Manon aussi – telle qu'elle me fut racontée il y a des années, telle que je l'ai reconstruite. Ce n'est pas la mienne, sinon par rebonds. Pas la mienne, si ce n'est notre commune quête d'amour.

« Là où est ton trésor, là aussi sera ton cœur. »

Dans le village où j'habite aujourd'hui, mes voisins m'apportent de la soupe quand ils me voient triste, et quand je tousse, ils viennent me faire de la tisane de romarin et de thym sauvage.

Je vis dans une maisonnette au milieu des oliviers avec Maya, ma grosse chienne noire qui fout la trouille à tout le monde. En réalité, c'est elle qui a peur. Maya pèse plus de soixante-dix kilos, c'est un cauchemar de la voir foncer, babines écumantes, yeux exorbités, pour vous bouffer tout cru. Il suffit cependant que je dise « non » pour qu'elle freine, comme dans les bandes dessinées, dans un nuage de poussière. Elle me contemple alors d'un air perplexe, Laisse-moi le dévorer, celui-là, allez, quoi. Celui-là, c'est le nouveau facteur ou le ramoneur à sa première visite. Sa dernière aussi, probablement. Le facteur va désormais glisser le courrier sous le rideau de fer du garage, et ma cheminée fumera beaucoup l'hiver prochain.

Je ne sais pas pourquoi ça me plaît qu'elle soit comme ça. Peut-être parce que moi aussi j'ai peur. Et parce que moi aussi je peux être sauvage.

Mes journées ici sont tranquilles, semblables les unes aux autres. Le matin je pars courir dans les bois, l'après-midi j'écris, je fais du feu dans la cheminée et je lis quelques vieux bouquins, romans et essais. Dernièrement, je médite la phrase de saint Augustin, « Aime et fais ce que tu veux. » Pendant longtemps, je n'y ai rien compris. Puis, une nuit où je ne dormais pas, j'ai commencé à y voir plus clair. Qu'est-ce qu'on entend par amour ? Pour moi, ce n'est pas la passion des premiers mois, la brûlure des débuts. J'ai toujours eu hâte de ce qui vient après, poursuivant cette joie fragile et responsable, cette continuité. Amour de douceur et douceur d'amour, où l'on renonce à s'affirmer pour aller vers la compassion humaine, la charité. Comme l'écrivait le philosophe allemand Adorno dans *Minima Moralia*, « Tu seras aimé lorsque tu pourras montrer ta faiblesse sans que l'autre s'en serve pour affirmer sa force. » « Aime et fais ce que tu veux », c'est aller dans le sens de la réalité de l'amour, là où il tient lieu de morale, là où il conduira vers la vertu. L'amour, c'est le droit chemin de l'existence.

Lavée des illusions – et Dieu sait que j'en ai eu –, il me semble que je marche à présent vers ma vérité. Quelle qu'elle soit. Comme Alexandre l'a fait, et Yann, et Maria.

3

Lorsque Dieu créa l'humanité, il demanda à son ange préféré de lui apporter la lumière. Lucifer, jaloux des hommes qui allaient prendre une place de choix dans le cœur du Créateur, s'y refusa. L'archange rebelle fut précipité en enfer et banni jusqu'à la fin des temps.

Déchus, déçus de Dieu, les démons, anges abattus, sont aussi nombreux que les étoiles – « Mon nom est Légion », Luc, 7, 30.

C'est de cela que Maria a rêvé cette nuit. Elle s'enfonçait dans le désert, à pied, seule, lorsque, près d'un feu de camp un être nu, accroupi, longs cheveux collés par la sueur et la saleté, a levé la tête et l'a regardée. Son visage était celui d'un dieu de pierre, mais au fond des prunelles sans iris brûlait une flamme. Une flamme noire, est-ce possible ? Comme si elle tombait de très haut, Maria a ouvert les yeux dans son lit.

Longtemps elle est restée sans bouger, glacée, tremblante, les bras entourant ses genoux.

À mesure que le ciel s'éclaircit, la conscience de Maria retrouve les chemins familiers, sa raison secoue la peur : pourquoi ce rêve ? Comment sait-elle qu'il s'agissait de Lucifer ? Et cette phrase qui résonne encore à ses oreilles, Il vous sera beaucoup demandé parce que vous avez beaucoup reçu ?

À huit heures, Maria s'est levée, a allumé la radio et mis une cafetière sur le feu. Elle a souri en repensant à son démon en dreadlocks, mais le rêve est resté ancré en elle. Elle en a frissonné toute la journée.

4

Après leur petit-déjeuner au café, petit-déjeuner où Maria avait été évoquée pour la première fois par les deux frères, Alexandre et Yann ne s'étaient pas revus pendant une dizaine de jours. Ils vivaient pourtant dans deux chambres de bonne contiguës au septième étage de la rue Saint-Victor, juste au-dessus de la Mutualité, la Mutu, installation proche du boulevard Saint-Germain et seul endroit où ils trouvaient tous les deux assez bath – c'était leur mot – d'habiter. Maria et Élisabeth, sa sœur, furent ponctuelles à ce premier dîner que, d'un commun accord, les deux garçons avaient organisé au milieu du couloir entre leurs deux mansardes. Elles arrivèrent dans des manteaux trapèze et des jupes identiques, pas encore des mini, juste des jupes un peu trop courtes car la ceinture avait été retournée à la taille, orange pour Maria, rouge pour Élisabeth. C'est probablement la bonne éducation inculquée par leur mère qui avait retenu les deux garçons d'en charger une chacun sur l'épaule. Au comble de la confusion ils avaient virevolté sur eux-mêmes, cognant l'un dans l'autre comme des derviches tourneurs ivres, et, se demandant pardon l'un l'autre, ils étaient entrés dans la chambre de Yann dont ils avaient fermé la porte afin d'y tenir un bref conciliabule.

Les filles chuchotaient quand ils sortirent, Maria avec son serre-tête noir, ses cheveux coulant sur les reins, blonds, presque blancs tant ils avaient été décolorés, seins et cul ronds, yeux brûlants de khôl et de mascara, Élisabeth plus mince, plus grande, avec sa queue-de-cheval et ses hanches garçonnières, ses longues jambes croisées haut pendant que, assise sur l'une des chaises, elle toisait les deux frères. Encore un instantané, mais celui-là, c'est à travers les yeux d'Alexandre que je le regarde. Je peux même entendre sa voix pendant qu'il décrivait cette scène, le ton bas et rauque, comme au bord des larmes, même si je ne comprends pas pourquoi.

Dans le courant de la même semaine, les deux frères allèrent voir leur mère. Elle les avait convoqués à Perros-Guirec pour l'aider à bricoler les quelque deux cents mètres carrés de la maison de famille, vieille baraque qui n'en pouvait plus d'expirer sous les miasmes de la côte magnifique, certes, mais où il leur était déjà arrivé de passer le mois d'août au lit avec des amygdales grosses comme des abricots. Dans la DS prêtée par un copain, ils s'étaient mis en route dès l'aube, avec le goût d'un mauvais café au fond de la gorge, muets de sommeil, les cheveux emmêlés et l'empreinte du drap sur la figure. Yann s'était immédiatement rendormi et avait grogné quand, à la sortie de Paris, Alexandre lui avait demandé, Alors, alors, cette petite Maria ? Il s'était contenté de tourner vers lui ses yeux chassieux puis de grommeler, C'est pas tes oignons, phrase qui avait laissé Alexandre pantois et l'avait ensuite fait éclater de rire, C'est donc chou blanc, mon petit cœur ? Occupe-toi de regarder la route et fous-moi la paix, avait répondu Yann en fermant à nouveau les yeux, et Alexandre l'avait alors dévisagé, l'aimant comme toujours pour son arcade sourcilière fauve et ses longs cils qui lui rappelaient leur père. Il avait eu envie de le couvrir du plaid pour qu'il ne prenne pas froid, mais au lieu de ça il lui avait donné une bourrade et s'était tu.

5

L'amour est un risque, une menace, une bravade et une détresse, pour soi comme pour l'autre que l'on entraîne dans un processus dont on ne revient pas, où chaque foulée est sans retour, chaque promesse un serment que le temps nargue et détruit. On engage la personne aimée mais aussi celle qui nous aime sans que nous l'aimions en retour. Cela en vaut-il la peine ? De Yann ou d'Alexandre, lequel se leurre, lequel est dans le vrai ? Ni l'un ni l'autre ? Tous les deux ? Qui d'entre nous peut se dire sans s'abuser, C'est elle, c'est lui, voici la personne qui m'est destinée ? Mais sans pari, sans illusion, sans passion, sans aveuglement, sans sentiment de vérité, sans abîme de déception, quelle vie serait-ce ?

Yann, dès maintenant, incarne la fiabilité amoureuse. Il est l'un de ces hommes qui vont vouloir tenir leurs promesses coûte que coûte. Ces êtres-là se brisent plutôt que de plier. Par quel chemin s'est faufilée son ardeur subite pour Maria ? Un parfum de peau qui lui rappellerait celui de sa mère au berceau ? Un nombre d'or qui accorderait la courbe à peine trop prononcée de la lèvre supérieure de la jeune femme à celle de son nez aquilin ? L'heureuse combinaison de ses couleurs, noir des iris, blondeur d'enfant ? Juste une image ou quelque chose de plus, ce qu'on appelle en hébreu *bashert*, l'âme sœur ?

Alexandre est l'inverse de son frère. Sa frénésie, son égoïsme de jeune mâle le poussent à fuir toute liaison durable. Il y a tant de femmes ! Toutes possèdent quelque chose qu'il n'a pas encore goûté, toutes sont neuves, inconnues, à découvrir. Pour quelle raison devrait-il faire don à ses conquêtes de ce qu'il réserve à sa mère et à son frère ?

À sa manière, Alexandre voit clair. L'amour est quelque chose de sérieux, qui vous attache et sur lequel on doit pouvoir compter. Rien à voir avec ce qu'il fait.

6

Autant Yann, mon frère, s'entourait d'un voile de secret, autant j'étais d'un aplomb sans pareil pour l'époque. Je me considérais même comme une sorte d'exemple pour mes contemporains, artistes de la branlette écartelés entre l'état de rut permanent et la fable de l'innocente qu'on épouse. Je pense que lier l'amour à la sexualité est l'une des idées les plus saugrenues qui soient, mais si aujourd'hui je crois avoir enfin compris la place de l'un et de l'autre, ces considérations ne me troublaient pas outre mesure à ce moment-là. Je ne faisais que baiser : toutes mes histoires répondaient à des critères précis, quoique décrétés unilatéralement, où il entrait de l'enthousiasme, de la générosité et de la spontanéité – à ce mot, je ne peux m'empêcher de penser avec une amère ironie à ce que, quelques années plus tard, on a appelé le « spontanéisme armé », un terrorisme féroce, facile et sans regrets –, bref, de la légèreté de la légèreté de la légèreté. Pas d'engagement, juste la joie d'être entier, à disposition de l'instant présent avant de passer au suivant.

Chaque fille réagissait à sa manière : certaines, outragées, prenaient assez vite le large, d'autres tombaient amoureuses – je ne sais toujours pas pourquoi, car j'étais très clair, me semble-t-il. Deux ou trois avaient feint le jeu de la complicité et de la camaraderie puis, voyant qu'il n'y avait rien à y gagner, avaient fini par laisser tomber, dévoilant leur duperie avant de s'indigner et de m'envoyer au diable. La seule qui restait égale à elle-même, paisible jusqu'à l'indifférence, était Manon, une créature mi-elfe mi-fée au mignon petit cul. Parfois lascive et caressante, parfois distante et froide, parfois même, pendant des semaines, absente, au point que je me demandais si elle allait refaire surface, Manon était la seule à laquelle je pouvais faire confiance. La règle qui régit l'amitié érotique n'admet aucune autre exclusivité que, Aime qui tu veux, mais aime-moi quoi qu'il en soit, et c'était la seule loi amoureuse à laquelle je souscrivais totalement.

Plus j'avais mauvaise réputation plus les filles affluaient, plus je les maltraitais plus elles s'accrochaient. Vous connaissez la liste de Don Juan, *Madamina, il catalogo è questo. [...] In Italia seicento e quaranta; in Alemagna, duecento e trentuna; cento in Francia, in Turchia novantuna; ma in Ispagna son già mille e tre. [...] Non si picca – se sia ricca, se sia brutta, se sia bella; purché porti la gonnella, voi sapete quel che fa*, « Il s'en fiche qu'elle soit riche, laide ou belle, pourvu qu'elle porte jupe vous savez ce qu'il en fait. »

Je n'étais ni aussi mortifère que Don Juan ni aussi sentimental que Casanova, mais il est vrai que des petites, des grandes, des moches, des quelconques, des bourgeoises, des vendeuses et des étudiantes, il en venait de partout. Il y a même eu, un jour, une professeur. Une adorable, brouillonne, timide prof d'une trentaine d'années qui me rejoignait la nuit dans ma chambre, chignon noué et jupe stricte, pour en repartir au petit matin sans soutien-gorge ni culotte, gardés en otage sous mon oreiller. Elle somnolait entre un cours et l'autre, ses cernes se faisaient de plus en plus sombres, puis, soudain, elle a disparu. Je ne l'ai revue qu'au semestre suivant avec un chignon plus sévère encore, et désormais elle fermait les yeux quand je la saluais dans les cafés aux abords de la fac. Mais après tout, qu'avais-je fait d'autre que lui dévoiler sa vraie nature, celle d'une femme aux désirs inattendus, aux charmantes impudeurs et à la vocation profondément masochiste ? Si, quand je lui avais demandé quel était son fantasme le plus inavouable, elle ne m'avait pas répondu, Je n'ai pas de fantasmes, si elle m'avait révélé, comme d'autres, des songes finalement tout à fait convenables – c'est fou comme vous, les femmes, vous vous gardez vous-mêmes de votre propre imagination ! –, je l'aurais peut-être épargnée, mais là, c'était un défi que je ne pouvais pas ne pas relever. Comment, pas de fantasmes, alors qu'au début de notre relation il fallait que je la bâillonne rien que pour lui sucer les tétons, au risque sinon de réveiller l'immeuble ? Comment, pas de fantasmes, alors qu'elle me tendait si joliment son cul à la fin d'une séance déjà bien enflammée, et qu'elle me demandait de lui dire les mots les plus orduriers alors que je la baisais debout sur mon minuscule balcon ? Je l'avais tellement poursuivie, tellement allumée, j'avais tellement dressé l'oreille quand elle murmurait des mots apparemment sans suite que j'avais réussi à lui extorquer un aveu : entravée, privée de moyens de se défendre, elle rêvait d'être prise par deux hommes masqués. J'étais bien embêté, à qui allais-je demander d'être le second dans ce scénario, moi qui n'aime ni barbes, ni poils, ni aucun de ces attributs masculins qu'affichent mes homologues ? Qu'à cela ne tienne ! Manon ! Puisque de toute façon ma gentille professeur voulait que les deux violeurs soient masqués, je n'avais qu'à faire intervenir ma camarade dûment travestie. Ah, mais, même dans le noir, mon amie restait bien féminine… J'ai donc persuadé ma jolie maso qu'en fait, ce qu'elle désirait vraiment, c'était avoir les yeux bandés. Ainsi, j'aurais le beurre et l'argent du beurre, une fille enchaînée *et* une fille active, toutes les deux à ma botte.

Mais Manon avait refusé en riant et j'étais resté sur ma faim.

… Maria, dites-vous ? Elle et moi étions en cours ensemble. Même avec ses lourdes lunettes de myope sur le nez et ses cheveux ramassés à la hâte puis transpercés d'un crayon, elle était adorable, mais quand elle levait les yeux de ses cahiers, j'esquivais son regard et souriais à Isobel, assise juste derrière elle. Cette princesse exotique était, à ce moment-là, la proie que je convoitais.

Yann venait chercher Maria à la sortie. Tous deux m'invitaient à déjeuner, mais je déclinais leur offre. Le courroux de Maria était à la mesure de sa déconvenue, et je ne voulais pas m'y confronter. Je m'enfuyais.

7

Je vois Maria. Je l'imagine telle qu'Alexandre me l'a décrite, penchée sur une guitare qu'elle a peinte de grandes fleurs jaunes et orange, et à cause de ça peut-être, ou peut-être à cause de la manière dont elle traite son instrument, le portant sur l'épaule et le jetant sur le premier canapé venu, la caisse sonne un peu faux. Elle plaque des accords sur un air de Dylan, toujours les mêmes chansons dont elle fredonne les paroles la bouche presque fermée, incisives écartées sur un diastème, dents du bonheur et de la chance. De la contempler ainsi, hantée par sa petite musique intérieure, front plissé et lèvres frémissantes, je me sens proche de cette fille dont la nuque plus claire que les bras et les épaules, à moitié découverte sous ses grosses tresses défaites, me semble exposée, aussi fragile que celle d'un enfant. Maria est jeune, si jeune que je me dis que si elle mourait maintenant on pourrait constater que sa fontanelle au centre du crâne est à peine ossifiée. Comme les bébés, on pourrait la tuer d'une pression à cet endroit. Maria a un an de plus que Yann, un de moins qu'Alexandre, c'est la sœur qui leur a manqué à tous les deux. Si elle avait été leur sœur – une fille qui braille quand ils chahutent, une crevette à lorgner lorsqu'elle sort du bain, se transformant sous leurs yeux –, ils se seraient souvenus de ses pleurs lorsqu'elle avait essayé d'arracher une dent de lait qui ne voulait pas tomber. D'autres choses encore, de bagarres à coups d'oreiller, de bains de mer, de terreurs nocturnes, de chagrins d'enfance, de culbutes sur des sommiers défoncés. De moments de confiance absolue, aussi. Seulement, Maria n'est pas leur sœur, c'est la fille dont Yann est amoureux et qui suscite le désir honteux d'Alexandre.

Yann l'accompagne en cours, s'assied à ses côtés sur les chaises malcommodes du Luxembourg, lui raconte ses journées. Ils passent des heures à la librairie de la rue Painlevé, vont au cinéma. Maria a été enthousiasmée par *L'Évangile selon saint Matthieu* de Pasolini. Yann s'y est ennuyé à périr. En revanche, il s'est rendu tout seul voir *Viva Maria !*, de Louis Malle. Ce film, histoire d'une révolution de pacotille, est sans doute l'un des plus mauvais qu'il connaisse, mais il y est retourné deux fois. Dans le visage, le corps de Brigitte Bardot et de Jeanne Moreau, il retrouve ce dont il est tombé amoureux dans le visage, le corps de Maria. Dans leurs poses, leurs artifices, il perçoit ce qui fait le charme affecté de Maria, une veine mélancolique et une sensualité effrontée qui le touchent au plus profond, il ne sait pas pourquoi.

8

Maria a encore rêvé d'eux la nuit dernière. Ils portaient des chemises blanches à même la peau. Amidonnées, bien repassées. Celle d'Alexandre ouverte sur sa poitrine aux poils drus et noirs, les manches retroussées sur les avant-bras. Fermée au cou, presque transparente sur son torse imberbe, celle de Yann, les poignets défaits et un peu trop longs sur ses mains aux doigts nerveux. Elle ne voyait pas leurs visages mais les reconnaissait. Ils étaient très jeunes, ils se taisaient, et elle chantonnait entre eux, penchée sur sa vieille guitare aux fleurs jaunes et orange. Elle a été perdue comment, cette guitare ? L'avait-elle chargée avec le reste des bagages, cette nuit-là ?

Dans son rêve, Maria a le corps de ses vingt ans, son élasticité, le velouté, muscles frémissants sous la peau. Qu'a-t-elle compris de plus, depuis ? Pas grand-chose, lui semble-t-il. Rien de plus sur l'amour et le sexe. Quant au plaisir, cela a été une fulguration soudaine, connue très tard. Un foudroiement dont elle se doutait sans l'avoir pourtant jamais ressenti. Depuis, plus rien n'a été pareil. Quelque chose en elle est mort. Quelque chose est né. Si c'était arrivé plus tôt, peut-être que cette histoire ne se serait pas déroulée de la même manière. Elle se dit pour la énième fois que ce n'est pas sa faute. Qu'elle n'a jamais désiré, jamais voulu que ça se passe ainsi. En quoi peut-elle se sentir coupable ? Qu'est-ce qu'elle aurait pu, qu'est-ce qu'elle aurait dû faire d'autre ? Qui a écrit cette histoire, à quel moment a-t-elle acquiescé, pourquoi ne s'est-elle pas révoltée ? Comment commence l'amour, et pourquoi finit-il ? Peut-il recommencer ? Sous quelle forme ? Maria n'en sait rien. Plus le temps passe, moins elle comprend quelque chose à tout ça.

Alexandre et Yann. Il est rare que dans ses rêves, Maria soit exclue du tableau, qu'elle rêve d'eux sans elle, mais les images dont elle est évincée la font souffrir comme si elle n'existait pas. Elle est jalouse de leur tendresse mutuelle autant que du fait qu'ils ont vécu toute une partie de leur jeunesse sans qu'elle soit présente.

Elle se souvient d'une scène de sa première enfance. Un après-midi d'été sa sœur Élisabeth jouait avec des amies de son âge dans le jardin. Assise toute seule et les suivant du regard pendant qu'elles baignaient une peluche, la coiffaient, lui offraient des pétales de rose dans de minuscules tasses à thé, Maria s'était mise à pleurer. Elle avait sangloté si fort et si longtemps que lorsque sa mère était sortie de la maison pour voir ce qui se passait, elle avait obligé sa sœur à lui prêter la peluche. Les petites filles, dégoûtées, étaient parties s'amuser ailleurs, et Élisabeth, « Bébé », les avait suivies. Maria était restée seule avec l'ourson, dont elle ne voulait pas. Ce qu'elle désirait, c'était être admise dans leur cercle, faire partie de leur tribu. Être au centre de l'attention. Être aimée.

La mélancolie, la jalousie, le sentiment de manque, Maria en est coutumière. L'amour pour elle est un ogre qui réclame ponctuellement sa ration de chair – et de solitude.

9

Je vois Yann tel qu'Alexandre me l'a décrit lors de sa rencontre avec Maria, un jeune homme sombre et beau avec un bizarre sourire en coin, comme s'il se racontait quelque chose qu'il était le seul à comprendre et qui vous écartait d'emblée.

À l'époque de sa rencontre avec Maria, il avait décidé d'intégrer l'École normale supérieure de la rue d'Ulm, et bûchait jour et nuit. Son bac, obtenu en Bretagne avec mention très bien, lui ouvrait les portes. À Paris, pendant son hypokhâgne, il avait compris qu'il pouvait apprendre, vite et convenablement, tout et n'importe quoi. Il sentait qu'il avait la capacité de se tirer avec élégance de n'importe quelle situation pourvu qu'il en ait la volonté. Il savait qu'il réussirait à exister dans le monde qu'il s'était choisi au prix de quelques impostures et de quelques emprunts, pour peu qu'il les maquillât avec aplomb. Il se sentait prêt.

Je connais bien l'état d'esprit de Yann. Il me semble que je lui ai longtemps ressemblé.

Les grands textes grecs étaient son pain quotidien de longue date, mais il lisait aussi, de manière désordonnée, tout ce qui lui tombait sous la main. Il s'était plongé dans l'étude de la philosophie comme on plonge dans une mer chaude et noire, avec confiance, crainte, et la sensation de ne jamais être à la hauteur. En même temps, il sentait sourdrc en lui une hâte, un sérieux, un besoin vital qui semblaient ne jamais avoir attendu que cette confrontation.

Il s'approcha tout doucement de Levinas, découvert au hasard de ses lectures, qui en ce milieu des années soixante enseignait tranquillement à l'écart des modes à Nanterre, et de Jankélévitch, qui faisait de même à la Sorbonne. S'il aimait la pensée foudroyante des nouveaux maîtres parce qu'elle était ludique, compétitive et somme toute joyeuse, leur rapport ostensible et obligatoire au marxisme, qui lui paraissait un effet de marées face à ses quêtes d'absolu, le lassait. Sa confiance, ses instincts, allaient vers les anciens et les doux. Dans Levinas il découvrait l'horreur du nazisme à l'échelle intime avant d'être universelle, cette douleur muette qui détermine l'esprit tout entier. Pourtant ce penseur avait de l'attention pour la beauté d'une caresse, d'un visage, d'une musique. Oui, on peut donc vivre, et trouver belle et intéressante la vie alors que ses racines même ont été broyées, et que tout ce qui constitue le terrier d'un homme a été brûlé. Jankélévitch, il l'aimait parce qu'il était, comme lui, fasciné par Bergson, dont il chérissait avec gourmandise l'idée de durée, qui le rassurait. Après l'enthousiasme de ces premières amours, il s'aperçut qu'il pouvait s'immerger dans les idées de Spinoza, qui pendant un temps lui étaient restées fermées, avec la même concentration qu'il mettait à lire Proust, dont il sirota la *Recherche* un an durant, juste avant de s'endormir, des pages qui le glissaient dans un demi-sommeil et dont les images vaporeuses l'agitaient encore au petit matin. Dans *La Prisonnière*, dans *La Fugitive*, il voyait sans cesse Maria, et comme le narrateur, il cherchait dans l'absence son visage, avec le désespoir certain de ne pas réussir à le voir dans son entièreté. L'énigme du visage dérobé de Maria, qu'il contemplait pourtant tous les jours à loisir, l'obsédait, comme s'il y avait quelque chose à comprendre, quelque chose qui la lui livrerait une fois ce mystère – qu'il ne savait pas cerner – résolu. En revanche, il lui revenait un éclat de rire, une phrase ou deux de ces chansons qu'elle fredonnait penchée sur sa guitare un peu fausse, et là, soudain, il la sentait tout entière près de lui, si proche qu'elle lui faisait une seconde peau plus chaude, frissonnante, une chair sur laquelle il s'épuisait tout seul lorsque même Proust n'arrivait pas à l'anesthésier le soir tard, dans son lit. Maria était pourtant pour lui une complice à l'âme gaie, une compagne ponctuelle, une amie, même, mais il la désirait, et cela gâchait tout le naturel de leur relation.

L'impossibilité d'échapper à ce qui échappe toujours dans le sentiment amoureux, cet autre qui n'est jamais là même quand il est à vos côtés, l'exaspérait. Alors il se replongeait dans la lecture austère de Levinas dont il connaissait maintenant certaines formules par cœur, « Dans l'amour – à moins de ne pas aimer d'amour –, il faut se résigner à ne pas être aimé. »

Au plus haut de ses tourments, Yann trouvait un certain apaisement dans la chasse. Ses aventures étaient rapides, fluides, brutales. Il séduisait avec nonchalance, consommait avec rage, quittait avec indifférence. Les filles qui avaient la malchance, dans la file d'attente, d'être choisies, ne se remettaient pas d'autant d'insensibilité. Une fois passées par son lit, elles n'existaient tout simplement plus : il les traitait avec une courtoisie glaciale plus blessante que n'importe quelle autre attitude.

Ainsi, pendant qu'Alexandre mordillait comme un chiot bruyant et maladroit, Yann déchirait en silence. Que son frère continue de penser qu'il était puceau ajoutait du piment à sa vie intime. Il adorait Alexandre, sa bonne humeur perpétuelle, ses flagorneries, sa candeur. Il l'aimait, et parce qu'il l'aimait il lui cachait que, des deux, le plus fort n'était pas celui qui croyait l'être.

10

Il a fait jusqu'à moins treize à Paris cet hiver 1966, et dans leurs chambres de bonne les deux garçons ont eu du mal à se réchauffer. Ils ont donc passé le plus de temps possible, lorsqu'ils n'étaient pas en cours, au café, Le Beach pour Alexandre, Les Feuillantines pour Yann. Ils y ont écouté des camarades s'enflammer pour l'Algérie et le Che. Ils les ont côtoyés tous les jours, mais n'ont pas participé aux discussions. Ils avaient autre chose en tête : Yann, Maria et les études ; Alexandre, une poignée de filles assez peu frileuses pour s'aventurer jusqu'à son lit.

Puis le printemps est arrivé.

Allongé sur un transat à l'ombre d'un pommier en fleur, à Perros-Guirec, Alexandre ne pense à rien, sinon peut-être à la possibilité, si le temps n'est pas trop pourri, de sortir avec le *Bonheur*, leur cotre corsaire, lorsque Yann vient s'asseoir près de lui. Les deux frères restent en silence. Yann siffle dans un brin d'herbe qu'il tient avec ses pouces entre les lèvres. Ensuite il souffle dans ses mains, les frottant l'une contre l'autre comme s'il avait froid, mais il ne fait pas froid, le soleil est tiède, il ne doit pas être loin de midi.

Sortir avec le bateau, voilà qui serait vraiment une bonne idée, mais leur mère a prévu une corvée de peinture dans le salon où tous les meubles sont déjà réunis sous une bâche au milieu de la pièce. Alexandre réfléchit, comment s'en débarrasser, comment y échapper au moins jusqu'au lendemain, lorsque Yann murmure quelque chose qu'il n'entend pas et il lui demande de répéter même s'il a déjà compris, et Yann dit, à voix plus haute, C'est pas simple avec elle. Qui ça, elle ? Maria.

Zut, on n'y échappera pas, pense Alexandre, mal à l'aise, prêt à tout pour dévier le cours de la conversation, mais Yann ajoute, sombre, Je ne sais pas comment faire, elle ne veut pas de moi, tu sais.

— Hou là ! chuchote Alexandre, puis, plus fort, s'éclaircissant la gorge, Paris est rempli de nanas, mon frère ! Lâche le morceau !

— Arrête, ce n'est pas ça, fulmine Yann.

— C'est quoi alors ?

— C'est que… C'est que…

— Quoi ? Yann, hé ! réveille-toi ! Il y en a mille, un million, un milliard, des filles comme ça ! Non ? Non ?

— Non, justement. J'ai envie… d'être avec elle. D'aller me promener dans les parcs. De l'écouter pendant des heures.

— Oui, eh bien, t'es vraiment atteint, toi ! Tu ne veux pas lui faire des bébés, tant qu'on y est ?

— Ben, pourquoi pas ? Pas tout de suite, mais… Quoi ?

— Merde alors, rigole Alexandre, elles vont pouvoir prendre la pilule bientôt, t'es au courant ? Tu veux des charentaises comme cadeau d'anniversaire pour tes vingt ans ?

Yann le heurte en se levant d'un bond. Alexandre lui donne un coup de poing sur l'épaule, un peu trop fort, et les deux frères finissent par terre. Alexandre à cheval sur Yann lui frotte le visage avec une poignée d'herbe, le maintenant dos à terre entre ses genoux, lorsque leur mère les sépare à coups de balai, Allez, le déjeuner est prêt ! Et on se lave les mains avant.

Sur la table, des maquereaux à la moutarde. L'aîné en prend deux fois, l'assiette de Yann demeure intacte. Alexandre n'en mène pas large, l'embarras le submerge, ce n'est pas simple, en effet, Yann a raison, que faire, comment lui dire, comment lui avouer ?… Et puis quoi, ça peut attendre, ce n'est pas le moment. Avec un peu de chance, ça s'arrangera peut-être tout seul.

Il reste une part de maquereau dans le plat. À la question muette d'Alexandre, Yann secoue la tête. Alexandre se ressert une fois encore, puis, pendant que leur mère a le dos tourné, il murmure la bouche pleine, Eh, frangin, ça te dirait un tour en mer, demain ?

Yann acquiesce. Alexandre continue de fuir son regard.

11

Je baisais Maria.

Je baisais sa sœur, Bébé, et je baisais Manon, ou plutôt c'était elle qui venait me voir quand elle en avait envie, selon ses humeurs fantasques. Il m'arrivait aussi de baiser des étudiantes qui suivaient les mêmes cours que moi, mais elles étaient interchangeables, aussi vite jetées que consommées. C'était moins facile que maintenant, car nous étions au milieu des années soixante, et la plupart de ces jeunes filles étaient vierges. En tout cas, Maria l'était lorsqu'elle a couché avec moi. Bébé, non.

À mon grand étonnement, je n'arrivais toujours pas à baiser Isobel. Je m'en étais fait un point d'honneur : cette fille à papa se moquait manifestement de moi, me donnant des rendez-vous auxquels elle ne venait guère et faisant semblant de ne pas me reconnaître lorsqu'on se rencontrait par hasard dans un café. Son, Oh, c'est toi, je ne t'avais pas vu, était une insulte à mon donjuanisme impétrant, quoique au fond, la sauter ou non n'était pas le vrai problème, juste un défi qui se renouvelait, donnant à chaque jour sa saveur d'aventure. Le souci, en revanche, c'était Maria. Autant la passade qui se prolongeait avec Bébé me satisfaisait, car j'arrivais à gérer son amour-propre en lui prodiguant une tendresse qu'il m'arrivait régulièrement de ressentir, ne serait-ce que par reconnaissance du ventre, autant la jalousie, la possessivité, le besoin qu'avait Maria de m'annexer, me pesaient. Certes, faire l'amour avec elle était meilleur qu'avec mes autres amantes. De plus, jamais elle ne se refusait à mes plus étranges desseins, mais je payais cher ces ébats. Les scènes étaient à l'ordre du jour, et les larmes, et les portes claquées au milieu de la nuit. Quand je la reprenais – je ne pouvais m'en empêcher –, on passait par une phase de calme aimant, une sorte de trêve, pour entamer ensuite une nouvelle descente, plus brutale encore, vers les abîmes dans lesquels elle m'entraînait malgré moi. J'aurais voulu que cela s'arrête pour m'en tenir à mes amourettes, car mes études se ressentaient de ces bourrasques, mais je n'arrivais pas à la laisser à la porte lorsqu'elle frappait chez moi, câline, un doux sourire sur les lèvres, les yeux brillants, ses beaux seins palpitants, et prête à tout pour ne pas me perdre. Quand, après une dispute plus âpre, elle disparaissait pendant plusieurs semaines, et j'étais sûr alors qu'elle m'avait – enfin ! – quitté, elle me manquait. J'éprouvais le besoin de m'agripper la nuit à sa longue chevelure, de m'accrocher à ses fesses dans le noir, de respirer sa chaude odeur de camomille. Je dormais bien avec elle. Surtout, je dormais, chose qui ne m'arrivait que très rarement avec les autres, sauf avec Élisabeth. Les deux sœurs avaient la même odeur propre. Bébé ne me prenait pas la tête. Maria essayait de me prendre le cœur, et ça, je le refusais absolument.

Si Élisabeth se doutait de mes inconstances endogames, sans toutefois oser regarder la vérité en face, il avait fallu que je jure à Maria que jamais, au grand jamais, je n'avais eu la moindre pensée à l'égard de sa sœur. Mentir ne m'ennuyait pas, c'était un moyen facile d'avoir la paix. Face à cela, les deux sœurs avaient un comportement inversé : autant Bébé pensait que, si je lui mentais, c'était que je tenais assez à elle pour la garder, autant Maria, soupçonneuse, cherchait la faille qui lui permettrait de connaître la vérité.

En même temps, quelque chose – désinvolture ? cruauté ? – me poussait à laisser des traces, pour qu'elles les voient et finissent par accepter la situation. Bébé fermait les yeux, ravalant son désarroi et se contraignant à croire mes explications. Maria, elle, explosait au moindre signe ambigu, criait, se lacérait la poitrine avec les ongles. Quand sa fureur éclatait, il ne me restait plus qu'à lui retenir les poignets pour qu'elle ne me frappe pas, qu'elle ne se blesse pas. Plusieurs fois, cela s'était terminé par une baffe qui la jetait en un petit tas tremblant au creux du lit. Je savais alors qu'il me faudrait des heures de cajoleries pour qu'elle refasse surface.

Le mot amour est magique aux oreilles des femmes, Allis. Vous seriez capables – et rares sont les exceptions, je vous assure ! – des pires avilissements pour entendre un « Je t'aime », aussi miteux, aussi truqué et mensonger fût-il. Ce qu'Élisabeth et Maria désiraient, c'était croire que je les aimais. Et c'est vrai qu'à ma manière, je les aimais. Toutes les deux, ainsi que Manon, et chacune différemment. Mais Manon ne voulait rien de moi, alors que les deux sœurs me voulaient, moi. Pour en faire quoi ?

12

En 1965, Maria tresse des couronnes de marguerites pour son chat, suspend des cerises à ses oreilles et rêve, renversée sur l'herbe, un livre à la main et un châle verdi, taché de terre, sous les fesses pour ne pas salir sa robe blanche. Dans sa représentation d'elle-même, la robe blanche compte autant que le livre, les couronnes de marguerites et les chaussures qu'elle a laissées elle ne sait où pour marcher pieds nus.

Qui se souvient de cette photo de groupe des écrivains du Nouveau Roman, prise devant le siège des Éditions de Minuit, réunis autour de Jérôme Lindon comme autant d'écoliers près de leur maître ? Il y a là Claude Mauriac, Alain Robbe-Grillet, Nathalie Sarraute engoncée dans un grand manteau, pieds en dedans – on murmurait qu'elle détestait Samuel Beckett, debout à côté d'elle mais regardant ailleurs, mains dans les poches, chevelure rude, gueule sculptée au scalpel –, qui d'autre ? Robert Pinget, Claude Simon et Claude Ollier, mais pas Michel Butor, en retard, et d'ailleurs on dirait sur cette photo que Lindon scrute l'horizon en direction de la rue du Dragon, ennuyé de ne pas le voir arriver. Personne ne sourit. Le photographe a utilisé un vieux truc de Luchino Visconti, faire tourner la caméra en attendant que les choses se mettent en place : lorsqu'on voit cette série en noir et blanc de laquelle se dégage une magie brute, on se dit qu'il a eu raison. Ces écrivains solitaires, qui ne vendaient que quelques centaines d'exemplaires en France mais dont les traductions se négociaient en une quinzaine de langues, étaient rassemblés ce matin-là autour d'un éditeur qui venait peu de temps auparavant d'équilibrer son budget avec le dernier Renaudot attribué à l'un des chevaux de son écurie, ce Butor qui n'arrivait toujours pas. Sept hommes et une femme.

Maria marche pieds nus dès qu'elle peut le faire, et plus le temps passe, plus elle ressemble à la jeune fille d'autrefois, celle qui se voyait en robe blanche en train de lire sous un cerisier, un châle sous les fesses parce que le sol transpire l'humidité.

Maria lit beaucoup. Certains livres – *Le Fanal bleu* de Colette, *Anna Karénine* de Tolstoï, *De sang-froid* de Truman Capote –, elle les relit même une fois par an. Le Nouveau Roman, qu'elle définit comme un carré blanc sur fond blanc, ne l'a jamais intéressée.

Une lettre de Sabina Spielrein à Freud, trouvée dans une biographie butinée chez un bouquiniste, a ému Maria aux larmes : « Vous croyez que je vous adresse ces mots pour que vous puissiez faire la paix entre le Dr Jung et moi ? Mais nous ne nous sommes pas disputés ! Mon plus brûlant désir, c'est de me séparer de lui avec amour. Je me suis suffisamment autoanalysée et je me connais assez pour savoir que l'amour platonique, l'amour à distance, serait la meilleure chose. Réprimer mes sentiments m'est impossible, parce que si je le fais maintenant avec le Dr Jung, je ne pourrai plus jamais aimer un homme. Je voudrais me séparer totalement de lui et poursuivre ma route : mais je ne pourrai le faire que si je me sens suffisamment libre pour pouvoir, malgré tout, l'aimer, c'est-à-dire si je le pardonne – ou si je le tue. Vous voyez, je ne viens pas me plaindre auprès de vous de cet amant infidèle… ! »

C'est cette lettre qui a donné envie à Maria de se pencher de plus près sur le grand psychanalyste. Les mots avec lesquels débutent ses mémoires – « Ma vie est l'histoire d'un inconscient qui a accompli sa réalisation. Tout ce qui gît dans l'inconscient veut devenir événement et la personnalité, elle aussi, veut se déployer et se sentir vivre en tant que totalité » – l'ont intriguée, puis énervée. Jung trouvait accidentel tout ce qui est extérieur et seul ce qui est intérieur avait pour lui une valeur substantielle, alors que pour Maria, c'est l'inverse. Elle a depuis toujours l'impression que la vie vous oblige à la suivre dans une danse, et qu'on le fait avec plus ou moins de grâce, plus ou moins d'adresse, mais que la plupart du temps notre destin est déjà tracé. Écrit.

Une curiosité bien féminine l'a poussée à s'intéresser à la vie amoureuse de Jung. Marié avec Emma, clairvoyante au point de lui inspirer certaines de ses idées, le psychanalyste vivait entouré de femmes – ironiquement appelées *Jungfrauen*. Il leur était reconnaissant pour deux raisons : leur soumission – elles œuvraient pour lui, documentant ses écrits sans rien demander en échange – et leur manque de jalousie à son égard. Être immergées dans son charisme, sa célébrité, leur suffisait. Parmi ces vestales dévouées, cerise sur le gâteau, les plus exceptionnelles devenaient ses amantes.

Ces psychodrames n'avaient pas empêché l'extraordinaire M. Jung de présenter Toni Wolff, la femme qu'il aima pendant quarante ans, à son épouse, pour la plus terrible souffrance de toutes deux.

Derrière un grand homme, pense Maria, se cache souvent un tyran et un enfant blessé. Derrière une pensée pure, l'impureté de la vie dans sa banalité. Derrière une certitude proclamée, la fêlure qui l'a mise au monde. Les hommes et leurs grandes idées ! La plupart d'entre eux ne seraient pas trop mal s'ils n'avaient été affublés d'une queue, pense-t-elle. C'est ça qui gâte tout.

13

Quand Yann et moi avons rencontré Maria, je n'avais vraiment aucune idée de ce que je voulais faire. Je vivais au présent. Ce métier de professeur, je ne l'ai embrassé que bien plus tard, par défaut si je peux m'exprimer ainsi. Maria, en revanche, avait depuis toute petite un rêve, une vocation même : elle voulait devenir romancière. Qu'est-ce qui lui a manqué ? Le désespoir ? La rigueur ? La foi ? La folie ? Écrire, à l'époque, n'était pas une priorité pour elle, c'était un peu trop tôt. J'ignore à quel moment il a été trop tard. Elle a tant et tant caressé son rêve qu'il a fini par se consumer sans brûler.

En 1966, le Goncourt a été attribué à *Oublier Palerme*, premier roman d'Edmonde Charles-Roux. Maria en avait été enthousiasmée, enfin on récompensait une femme ! Je me souviens d'avoir été surpris… de sa surprise. Je n'y avais jamais songé, et pourtant ! Dans la longue histoire des prix, Nobels inclus, les femmes sont l'exception. Écrivent-elles moins bien que leurs homologues masculins ? Traitent-elles dans l'ensemble de sujets mineurs ? Trop d'amour, pas assez de pure pensée ? Ou alors, étant donné qu'il y a plus de chefs de rubrique, plus d'hommes au sein des jurys comme à la tête des maisons d'édition, ce sont eux qui décident, tout simplement ? Quel auteur trace sa route, qui reste et pourquoi, qui disparaît, quelle est la part de chance, quelle est celle de l'exigence ? Ne croyez pas que je sois devenu professeur de lettres sans passion, quand même.

Pour ma part, je n'ai jamais rédigé que la première phrase d'un essai, et non, je vous assure, je ne m'en sens pas frustré. J'étais si jeune, et plus bête encore que maintenant, si c'est possible. Le début de ce livre, je l'avais composé à vingt ans, juste une note que j'avais prise pour ma thèse à venir, je peux toujours vous le réciter : « La découverte de la sexualité appartient au roman de notre siècle et, conséquemment, celle des abîmes de l'infidélité, ainsi que ses interprétations et ses exégèses par une psychosociologie de boudoir… » Vous pouvez voir comme j'étais sûr de moi, quelle haute idée je me faisais de mon intellect et quelles prétentions étaient les miennes. J'oubliais volontairement lady Chatterley et mettais de côté le XVIIIe siècle tout entier pour ne pas gêner mes axiomes de travail. Comment cela, en deux mille ans on n'avait pas réussi à faire la part de la libido et de l'amour ? De la possession et de la liberté ? Entre la douleur, la honte, la passion et la délivrance ? Entre le sens du sacré et la nécessité de procréation ? J'allais, moi, proposer une érotique matérialiste en remplacement des idéaux romantiques de notre société, une *ars amatoria* nouvelle par laquelle je démontrerais que fidélité et cohabitation mènent à l'impasse et qu'une relation équilibrée est une relation où l'on se doit d'être fidèle, certes, mais à soi-même. Tout cela avec force exemples tirés de grands écrivains.

C'est la seule fois où je me suis confronté au noyau de l'écriture, qui obsédait aussi bien Maria que Yann. Ces deux-là, les livres les unissaient plus que je n'aurais pu l'imaginer.

14

Nietzsche avec Zarathoustra, Einstein et la théorie de la relativité, les bases de la mécanique quantique, *Le Capital* et *Lire le Capital* d'Althusser, et encore Spinoza, dans une boulimie de recherche de sens qui, seule, lui donnait l'impression d'exister. Yann lisait tellement que ses nuits étaient tissées de mots : au lieu de visages, d'arbres, de montagnes, d'océans, d'animaux ou de villes, il voyait des paroles. Parfois les mots formaient des images, parfois il ne s'agissait que de phrases dont il s'efforçait de saisir la signification. Le plus souvent, il se réveillait dès l'aube pour prendre son petit-déjeuner devant un livre qu'il calait entre le pot de confiture et le bol – tous ses livres, y compris ceux qu'il empruntait, étaient tachés d'œuf, de café et de beurre – puis allait en cours à pied, songeant à l'étrange comportement des particules élémentaires et à leurs connexions – Mais alors si A et B sont, au fond, la même chose, moi A je suis également B, et donc, il n'y a plus de A ni de B, mais seulement une matière commune, et cela s'appelle comment ?

Sa dernière trouvaille était Schopenhauer, le premier qui lui soufflait, entre les lignes, l'idée de la souffrance du monde, le premier qui lui parlait de douleurs, de troubles amoureux, de passions et de drames humains, le seul jusque-là qui ne voyait pas la pensée comme une aseptisation, une mise à plat du monde, mais comme un moyen de descendre profondément dans le désordre constitutif du mal. Plus il lisait, plus les relations entre les grands textes, toutes disciplines confondues, lui sautaient aux yeux. Ainsi, Zarathoustra rejoignait à ses yeux Faust pour converger dans le mythe de Lucifer, et voilà que ses notes se transformaient en un foutoir visionnaire dont lui seul percevait le lien.

Une nuit, il avait rêvé qu'il pénétrait dans une bibliothèque interdite, et qu'au beau milieu de la salle centrale, il ouvrait un coffre qui contenait un parchemin noirci couvert de lettres gothiques rouges, un texte ancien relatant et expliquant l'un des grands mystères du monde. À son réveil, il ne se souvenait ni du mystère en question, ni même de la langue dans laquelle il était formulé. À la suite de ce rêve il était resté plusieurs jours confus, ayant perdu tout contact avec la réalité, il avait erré dans les rues et marmonné une suite de mots décousus. Il perdait du poids, pâlissait, les vêtements tombaient sur son torse décharné, son pantalon plissait sur son derrière plat.

Ce surmenage, ces ascèses sèches préoccupaient Alexandre, mais lui-même était trop pris pour s'en inquiéter sérieusement. Leur mère passait son temps à demander des appels interurbains, mais le téléphone dans le couloir entre les chambres des deux frères sonnait et sonnait, et aucun d'eux ne répondait jamais.

15

Dans les rêves de Maria il y a des inconnus qu'elle embrasse, parfois sous le regard de Yann, parfois sous celui d'Alexandre. Cela lui est encore arrivé la nuit dernière. Et voici qu'elle retrouve la petite musique qu'elle fredonnait dans son rêve : « *Well I see you there with the rose in your teeth / One more thin gypsy thief / Well I see Jane's awake.* » Encore cette chanson, *Famous Blue Raincoat*, Leonard Cohen. Que ne l'a-t-elle chantée ! Elle revoit Yann en train de mâchonner une fleur de chicorée sauvage – cette manie qu'il avait de garder entre les dents une tige ou un brin d'herbe ! – au cours de ce septembre maudit. Ses yeux ont la même couleur lumineuse que la fleur, tache bleue qui parsème les chemins de campagne en août. Les mains dans les poches de son pantalon plein de trous, sans plus de couleur définie, et toujours cette chemise blanche, froissée, souillée maintenant, aux coudes si usés qu'ils en sont transpercés. Maria sent, même à distance, la fièvre de son corps bruni de soleil qui garde l'odeur de la rivière dans laquelle ils se baignent, soir et matin.

Alexandre, elle le sait, n'a jamais connu, jamais compris son frère. Alexandre lui fait penser à cet acteur de porno italien qui a dû coucher avec dix mille filles au cours de sa carrière mais qui recommence chaque fois avec la même avidité.

16

Depuis l'enfance, Élisabeth était Babou pour sa mère, Babette pour son père, Bébé pour tous les autres. Plus rapide que sa sœur, prompte aux rires et aux larmes, elle aimait mieux les jeux de garçon que les poupées. Maria contemplait des heures durant les arabesques des hirondelles en chantonnant, Élisabeth fabriquait des lance-pierres pour canarder les chauves-souris. Maria n'était jamais punie, Élisabeth poussait tellement à bout ses parents que la fessée n'était pas loin. Élisabeth était l'aînée, mais en aucun cas Maria n'héritait de ses vêtements, car avant qu'elle puisse les endosser ils étaient déchirés, tachés, perdus. Maria à cinq ans demanda un piano, Élisabeth exigea un tambour et un camion de pompiers.

Maria se méfiait de sa sœur, la contemplait toujours un peu étonnée. Élisabeth enviait Maria, son calme et ses bonnes notes à l'école, elle qui ne restait jamais plus de dix minutes penchée sur un livre sans avoir la tête qui bouillonnait. Elle la pinçait parfois, fort, la cuisse ou le bras, pour voir si Maria la dénoncerait, mais cela n'arriva jamais.

Maria suivait ses parents à l'église le dimanche matin, Élisabeth s'y opposa fermement dès l'adolescence, provoquant l'ire de son père et les larmes de sa mère. Maria avait punaisé au-dessus de son lit un christ aux yeux bleus, beau comme un acteur de cinéma, qui montrait de l'index son cœur labouré d'épines dans sa poitrine béante. Élisabeth ne se moqua pas, mais soupirait quand Maria, en chemise de nuit, faisait ses prières avant de dormir. Maria avait les yeux noirs, les cheveux clairs, Bébé des yeux verts et une crinière de setter. À six ans, Élisabeth avait poussé dans l'eau d'un étang la poussette où Maria dormait pendant que leur mère avait le dos tourné. Maria avait été repêchée au bord de la noyade par les parents affolés. Élisabeth n'avait voulu dire à personne pourquoi elle l'avait fait.

C'était pour voir si la poussette flottait, après elle serait montée dedans et aurait ramé avec ses mains, pour rejoindre l'autre côté de l'étang.

Il y a, dans les liens entre frères et sœurs, une compétition latente. Une déchirure. Mais il y a aussi, profondément ancrée, la compassion. On s'arrache l'un l'autre l'objet désiré, mais on pourrait aussi mourir pour que le frère, la sœur, l'obtienne.

En 1967, Bébé eut vingt-deux ans, Maria dix-neuf. Elle essaya de convaincre sa sœur de l'accompagner au *Summer of Love* dc San Francisco, mais Bébé se moqua d'elle, la traitant de ringarde, de hippie baba cool. Maria lui en voulut.

Les deux sœurs habitaient la Cité universitaire, couraient les cinémas d'art et d'essai, dînaient dans les bistrots les moins chers du quartier, s'échangeaient les vêtements, se les volaient de temps en temps, se chamaillaient, se fâchaient, faisaient la paix, se mentaient, trichaient, s'embrassaient, s'évitaient, filaient, chacune de son côté. Ça ne pouvait durer.

17

Louis Althusser : « Qu'est-ce donc que pouvoir aimer ? C'est disposer de l'intégrité de soi, de sa "puissance", non pour le plaisir ou par un excès de narcissisme mais au contraire pour être capable d'un don, sans absence ni défaillance, voire défaut. »

Que s'est-il passé dans son cœur ce jour-là ? Je ne parle pas du jour où, profondément aliéné, Althusser a placé ses doigts autour du cou de la femme qu'il aimait, et peut-être détestait, pour serrer, serrer jusqu'à lui ôter la vie. C'est à un autre jour auquel je pense, où un « incident », comme il l'appelle, a surgi entre la jeune compagne de l'un de ses amis et lui. Althusser raconte lui-même cet épisode dans *L'avenir dure longtemps*, singuliers mémoires d'un homme brisé.

À l'époque où Yann intégra Normale sup, Louis Althusser était le caïman – agrégé répétiteur – admiré et respecté. Il y conviait penseurs et philosophes : Lacan, Deleuze et Matheron, entre autres. Son marxisme critique, ses analyses percutantes envoûtaient et influençaient des élèves tels que Robert Linhart et Benny Lévy, acteurs radicaux de Mai 68. Althusser vivait comme dans une bulle à l'intérieur même de l'École avec Hélène Rytmann, épousée juste après la mort de son père suite à une longue cohabitation. Hélène, la femme qu'il tuera de ses mains.

Toute sa vie, Althusser fut sujet à des accès maniaco-dépressifs. Ils ne duraient jamais très longtemps, deux ou trois semaines environ, pas suffisamment en tout cas pour altérer la continuité de son travail intellectuel. Au contraire, même, puisque ses crises étaient suivies de périodes d'excitation hypomaniaque au cours desquelles il pouvait écrire sans arrêt pendant plusieurs jours et terminer un manuscrit en un rien de temps. Mais l'oscillation entre ces deux états le démolissait : « Je venais dans l'euphorie de publier *Pour Marx* et *Lire le Capital*. Je fus alors saisi d'une incroyable terreur, à l'idée que ces textes allaient me montrer tout nu à la face du public : tout nu, c'est-à-dire tel que j'étais, un être tout d'artifices et d'impostures, et rien d'autre, un philosophe ne connaissant presque rien à la philosophie et presque rien à Marx. »

Les « histoires de femmes » de Louis se déroulaient en présence d'Hélène. Il avait besoin de sa bénédiction, besoin d'exhiber une liberté sexuelle et amoureuse qu'il n'assumait pas. « Je ne cessais de la provoquer, dit-il. Je n'avais de cesse qu'elle connût, et le plus vite possible, mes nouvelles amies, pour recevoir d'elle l'approbation. Elle réagissait comme on pouvait l'imaginer. Après coup, elle s'en voulait terriblement et me répétait que je pouvais faire tout ce que je désirais, mais à une simple et seule condition : que je ne lui parle pas de mes liaisons féminines. Or ce sage conseil, jamais je ne sus ou je ne pus le suivre. Chaque fois je tombai dans la compulsion d'aller la provoquer jusque sous son nez. »

Althusser, cet estropié des sentiments qui, par compensation, était si éblouissant, avait besoin de la jalousie et de la douleur d'Hélène pour aimer ailleurs. Or, parmi les autres faits, voici ce qu'il rapporte dans son livre :

« Nous sommes à Saint-Tropez. J'avais invité un ami politique à nous rendre visite. Il vient, accompagné d'une très belle jeune femme, sur qui je me jetai. [À table, devant cet ami et Hélène] je me mets carrément à lui caresser les seins, le ventre et le sexe. Je lui propose d'aller sur la plage. Toujours devant Hélène, qui ne savait pas nager, j'invite la jeune femme à se dévêtir, et nous entrons tout nus dans les vagues déchaînées. Nous nageons un peu au large, et là faisons quasiment l'amour en pleine mer, [puis sommes pris] dans un fort courant qui nous entraîne au large. C'est la jeune femme qui me sauva après une ou deux heures d'efforts pour revenir au rivage. [...] Après d'interminables recherches, je finis par découvrir [Hélène] méconnaissable, complètement recroquevillée sur elle-même, tremblant et le visage d'une très vieille femme ravagée par les larmes. »

Et il conclut : « Jamais il ne fut question entre nous de cet horrible incident, qu'elle ne m'a sûrement pas pardonné en son âme. Décidément, on ne peut pas traiter ainsi un être humain. »

Dans la revue *Cliniques méditerranéennes*, le psychanalyste German Arce Ross dit, en commentant la pathologie d'Althusser : « Les caractères maniaques se présentent principalement au niveau des conduites sexuelles, de l'amour, de l'utilisation du langage philosophique et politique proche parfois de la fuite des idées, ainsi qu'au niveau des activités de la vie quotidienne [...] en général dans le contexte d'un érotisme instable et exalté débouchant sur un risque d'engagement amoureux, insupportable pour le sujet [...], comme la peur d'être abandonné, *la peur d'être exposé à une demande d'amour*, la peur d'être exposé nu en public. »

Althusser : « Je tombais amoureux de femmes selon mon goût, mais vivant soit en Suisse, soit en Italie, donc à une distance inconsciemment calculée pour ne les voir que par intermittence (au-delà de trois jours j'en étais régulièrement dégoûté, et pourtant quelles femmes exceptionnelles de beauté et d'âme me furent et Claire et Franca). »

Pourquoi Hélène a-t-elle supporté tout cela, quelle rédemption trouvait-elle dans son supplice, quelle était la profondeur de sa maladie à elle ? En lisant différents articles sur la vie d'Althusser, je tombe sur une sorte d'interprétation consensuelle : Hélène se serait donné la mort à travers Louis.

« Ce qui m'émouvait sans doute le plus [chez Hélène], c'étaient ses mains [...] dans la caresse d'une indicible tendresse déchirée et décharnée, [...] qui pouvaient tout donner d'elle. Elles me brisaient le cœur, j'ai souvent pleuré sur ses mains, entre ses mains. Elle n'a jamais su pourquoi, jamais je ne le lui ai dit.

« Je craignais de l'en faire souffrir. »

18

Peut-on dire que l'on trompe l'autre quand on se masturbe ? Et quand on se masturbe avec une amante, muni d'un préservatif ? Chaque fois que Yann s'abandonnait à la délivrance d'une rencontre charnelle, ses partenaires payaient au prix fort sa brève capitulation. C'était comme conduire une voiture pendant des centaines de kilomètres et puis sortir de route, l'accident réduisant à néant l'exemplarité de la conduite et la distance parcourue.

Est-ce que Yann faisait l'amour à Maria à travers les filles qu'il séduisait ? Qu'était-ce donc que cette absence sinon la présence intime, chaleureuse, et en quelque sorte admissible de la femme qu'il désirait ? En cela, n'était-il pas plus heureux que s'il l'avait tenue dans ses bras au lieu de ses remplaçantes, simples marionnettes qui venaient assouvir sa libido ?

Yann dialoguait sans cesse avec Maria dans son for intérieur, ce dont elle ne pouvait se douter parce qu'il n'était pas l'objet de son propre discours intime.

Quant à elle, elle parlait à Alexandre, qui ne l'entendait pas, ne l'écoutait pas.

Une nuit que Yann rentrait chez lui, seul et mortifié comme il l'était toujours après ses coïts amers, il vit la porte de la chambre de son frère s'ouvrir. L'ombre du couloir le cachait à Bébé, qui déguerpissait ses chaussures à la main.

La nuit d'après, ce fut Maria qui en sortit. Yann se tenait immobile sous l'ampoule, mais elle lui sourit comme si elle ne le voyait pas et s'esquiva.

19

Lorsque je regarde ma propre vie, je m'aperçois que dès mon adolescence certaines de mes passions actuelles étaient déjà présentes. Il m'arrive de trouver au gré de mes cahiers de fac des mots, des phrases, des citations que j'utilise aujourd'hui dans mon langage courant. J'ai l'impression, d'après ce qu'Alexandre m'a raconté, que pour Maria il s'est passé la même chose. Elle ne savait pas où elle allait, mais le dessin était esquissé.

Yann tenait Wittgenstein pour un personnage de roman. Son enthousiasme pour le philosophe était sans bornes, et plus Maria le trouvait insupportable d'obscurité, plus il se plaisait à lui en illustrer la pensée. De surcroît, sa vie le fascinait. Jeune homme, Wittgenstein avait été jardinier dans un monastère avant de devenir instituteur, mais ce qui avait vraiment enchanté Yann, c'était son année passée dans la cabane en Norvège, loin de tout. Il songeait – avoua-t-il à Maria – à en faire autant et à tenir son journal, pour se confronter au jour le jour à son moi profond – c'était ainsi qu'il s'était exprimé. Maria avait ri. Quoi, Yann qui ne lisait pas moins d'un livre par jour, qui pouvait sortir de son lit avec 39 °C de fièvre pour se procurer sa matière première, allait rester un an à jeun, ou presque ? Car il était forcément hors de question d'emporter dans sa cabane trois cent soixante-cinq bouquins. Et puis, même au bord de l'inanition, Yann n'aurait jamais pu tuer et dépecer un lapin ! Qu'allait-il manger, une fois les conserves terminées ? Des pages de la *Critique de la raison pure* ?

Yann lui avait fait la tête toute la journée. Il suffisait d'un rien pour qu'il se referme comme un hérisson, son hypersensibilité le coupant alors des heures durant de toute réalité.

Wittgenstein, à l'époque, avait paru désuet à Maria. Encore une des tocades de Yann. Son *Tractacus logico-philosophicus*, entamé puis laissé de côté, elle n'y avait rien compris. Ou plutôt, si, elle avait pressenti que ce Ludwig ne mettait pas le doigt sur ce qui l'intéressait : qu'était-ce que cette obsession de « nettoyer » les mots jusqu'à l'os pour en trouver la signification première ? Les mots muent. À quoi bon en traquer l'origine ? Le glissement de sens fait partie de la vie. Quelle idée de le rétablir, ça servait à quoi ? La meilleure solution était plutôt de lui courir après, à ce sens fugitif, non ?

Wittgenstein avait refait surface des années plus tard. Quelques phrases entendues à la radio pendant qu'elle faisait la vaisselle et la voilà comme électrocutée. La vie qu'il avait eue ! Né dans une famille richissime, catholique d'origine juive, vivant à Vienne avant la terreur nazie, Wittgenstein avait croisé le jeune Hitler dans sa salle de classe, pendant que ses frères mettaient fin à leurs jours ou disparaissaient les uns après les autres. Seul son aîné, pianiste d'exception, un bras perdu à la guerre, avait réussi à surmonter les catastrophes familiales, virtuose réduit à récrire les partitions des maîtres au gré de son handicap.

À la lumière de ces éléments, Maria avait recommencé à lire sa philosophie et pris conscience d'une chose qu'elle cherchait sans le savoir et qu'elle était désormais mûre pour comprendre : le sens que l'on donne aux mots est essentiel. Les malentendus proviennent du manque de clarté de la langue. La vérité doit être rétablie et non poursuivie. On ne peut faire confiance qu'à l'expression responsable, « nettoyée », comme disait, justement, Wittgenstein.

L'inflexibilité, l'inquiétude du philosophe rejoignaient les siennes propres, et plus jamais elle ne devait faire abstraction de cette leçon. Le ménage que Wittgenstein avait opéré dans son esprit fut sans retour dans son expérience de l'écrit.

C'est moins par le récit que m'en a fait Alexandre que par ma lecture du livre écrit par Maria sur la vie du philosophe que j'ai pu ressentir tout cela. Comme elle, j'ai été touchée au cœur par la phrase fétiche du philosophe : *Wovon man nicht sprechen kann, darüber muss man schweigen*. « Ce dont on ne peut parler, il faut le taire. »

Ça ne laisse guère de place à l'à-peu-près, mais, je ne sais pourquoi, ça me rassure, comme cela a dû la rassurer.

20

1968. La France de papa était déculottée face au monde entier. Nuits blanches, étincelles, incandescence au creux des reins, foudre, *love not war*. Les trois Mai allaient bientôt coïncider – révolution juvénile, grève générale et pour finir crise de régime – mais on l'ignorait encore. Tout était en devenir.

Yann participa à quelques réunions. Il prit la parole malgré sa timidité, prêcha la vertu et la lucidité, la nécessité de continuer à réfléchir de manière autonome sans tomber dans l'enivrement d'une pensée commune par trop entraînante. Il y mit une exaltation, une profondeur, une conviction si touchantes que l'assistance en fut éblouie. L'un d'eux, tout de même, persifla, D'où tu parles, camarade ? mais Yann ne répondit guère et continua, feignant de ne pas avoir entendu. Le flot de son éloquence était contenu mais impétueux. Ce fut un triomphe, et lorsqu'il descendit de la chaire qu'il avait empruntée, plusieurs mains se tendirent pour le toucher. On lui avait tapé dans le dos, les filles lui avaient souri. Maria, qui était présente, ne s'était pas approchée, le laissant jouir de sa victoire, mais le soir, elle l'avait félicité. Cela, plus que tout le reste, avait déplu à Yann, qui souffrait au fond de lui-même de l'artifice auquel il avait eu recours : des silences bien placés, un excès dans le pathos, une brusquerie tendre qui lui avait déjà valu bien des succès.

Les jours suivants, il revit le garçon qui lui avait demandé d'où il parlait. François-Xavier de La Roche-Malaubry le héla aux Feuillantines, lui dit deux fois, en soupirant, comment il s'appelait et lui tendit une longue main décharnée. Yann, déconcerté, la prit. François-Xavier était un dandy ricaneur, snob et prétentieux, dont la raillerie n'épargnait personne – y compris, et surtout, lui-même. C'était la première fois que Yann avait un camarade. S'il avait osé, il l'aurait appelé un ami.

Ce fut François-Xavier qui lui raconta la mésaventure de ce pauvre Lagarde, le coéquipier de Michard. Le vieux professeur s'était fait bousculer en prépa pendant un concours blanc. Yann l'avait imaginé chercher en vain sa respiration, terrassé par une crise cardiaque, et avait éprouvé une grande pitié. Il savait que, lors de sa parution en 1948, le manuel de littérature avait été révolutionnaire et se disait, Les révolutions d'hier nous semblent pathétiques aujourd'hui. En sera-t-il de celle-ci comme des autres ? En fait, il avait honte. Revendiquer la responsabilité collective d'un discours fondamentalement individualiste lui semblait un contresens. Il manquait de légèreté pour l'assumer, bien qu'autour de lui d'autres ne s'en privassent pas. Un certain humour fondé sur le sens du paradoxe était au goût du jour, mais les fortes têtes du moment n'étaient pas pourvues de l'auto-ironie nécessaire pour conjurer le kitsch de la déclamation. Yann se demanda d'où il parlait, pour reprendre le mot qui avait interrompu son discours, et s'aperçut qu'il parlait de lui-même, pour lui-même et pour personne d'autre.

Était-ce à la suite de l'énième lecture de Wittgenstein et de son épisode de la cabane, à la description de la tour de Bollingen de Jung ou encore avait-il lu, entretemps, des textes sur le Tao ? Était-ce le dégoût pour les étudiants de son âge prétendant vouloir changer la société, ces gosses hirsutes qui avaient barré les portes de la Sorbonne et dans les rêves desquels il ne se reconnaissait pas ? Ou encore était-ce l'impudeur des grands déballages sur le mode politico-intimiste, à ses yeux le comble de la vulgarité intellectuelle ? Rien de tel que l'injonction du « Soyez moderne ! » pour lui donner envie de ne pas l'être et de se réfugier dans l'anachronique. Quelques profs lui semblaient intelligents et attachants, pris pourtant dans un piège qui se refermait sur eux malgré et à cause de leurs discours. Il gardait sa tendresse à Althusser, qu'il voyait tous les jours à l'École, parce qu'il le touchait au plus profond. Il le trouvait honnête parce que désespéré, et en même temps, quelque chose chez lui le rebutait. Qu'était-ce donc ? Sous l'habitude d'Althusser de couver ses élèves, de les traiter comme une bonne mère, il percevait l'excès, un déséquilibre qui le troublait. Sa propre mère lui suffisait. Il n'avait pas besoin d'une autre maman, aussi attentive et oblative fût-elle. Il n'avait pas envie qu'on s'approche trop, ni qu'on lise au fond de lui.

La lecture de Deleuze le stimulait sans lui donner le grand frisson, bien que la *Présentation de*

Sacher-Masoch, son essai sur l'auteur de *La Vénus à la fourrure*, l'ait fait sourire. Ses femmes de pierre, ses travestis, ses crucifixions et punitions variées l'avaient amusé. Il avait trouvé le livre réjouissant, affranchi, hygiénique dans sa liberté. Sur Derrida, il ne s'était pas suffisamment penché, mais rien chez cet amoureux de Heidegger ne l'attirait. Sa belle gueule, son allure et sa crinière luxuriante l'embarrassaient. Ce philosophe, comme l'avait dit il ne savait plus qui, était comme un peintre abstrait dont on se demande toujours s'il serait capable de faire vrai.

Des autres chefs de file, il n'en aimait aucun. Il les avait vus en action et les trouvait grandes gueules, des rouleurs de mécaniques qui lui rappelaient, d'une certaine manière, son frère. Il discernait chez eux des concupiscences de pouvoir, des poses qui l'ulcéraient. Pour un Régis Debray, l'un de ceux qui l'avaient précédé à l'École en laissant sa marque, « ratant » 68 et suivant de l'autre côté du monde sa tête et son cœur d'un même mouvement, combien rencontrait-on de faux prophètes foisonnants d'hormones, avec beaucoup trop de cheveux, prenant appui sur le mois de mai comme on piétine plus faible dans un débordement de foule ?

La débauche des discours lui semblait cacher un vide sidéral d'idées. Pire, d'idéaux. Ces gens manipulaient le langage avec des mots nouveaux qui n'étaient au fond que des rabâchages mal digérés. Mai lui semblait à la fois le symptôme et le mal d'un pays qui cherchait à synchroniser la vieille politique avec la marche accélérée du monde. Il voyait les révolutionnaires du mois de mai comme des ouvriers et des hommes d'affaires indispensables à l'histoire et utilisés par elle, et non comme les purs héros qu'ils croyaient être. Il se disait que l'imagination au pouvoir allait devenir un poncif, et la révolte, une série de slogans publicitaires. Il était écœuré.

Après une soirée très arrosée au cours de laquelle il salua, les larmes aux yeux, son ami François-Xavier qui lui jura fidélité éternelle, il écrivit trois lettres qu'il laissa sur la table de travail de sa chambre, puis partit sans se retourner.

21

« À la faveur de mon travail scientifique, je parvins peu à peu à placer mon imagination et les contenus de l'inconscient sur une terre ferme. Mots et papiers cependant n'avaient pas, à mes yeux, assez de réalité : il y fallait encore autre chose. Je devais, en quelque sorte, représenter dans la pierre mes pensées les plus intimes et mon propre savoir, faire en quelque sorte une profession de foi inscrite dans la pierre. Ainsi naquit la tour que je construisis à Bollingen. Cette idée peut paraître absurde, mais je l'ai réalisée ; ce fut pour moi non seulement une satisfaction peu commune, mais aussi un accomplissement significatif. Dès le début, j'eus la certitude qu'il fallait la bâtir au bord de l'eau. »

C'est cette tour de Bollingen, chère à Yann, qui fut le lieu de prédilection de Jung. Le maître pouvait y vivre au milieu de ses rêves devenus réalité, auprès de ses fantasmes et de ses fantômes, dans la création des mandalas et l'écriture de ses sermons aux morts. Les créatures de son univers onirique, ainsi que celles surgies du monde surnaturel auquel il faisait confiance, pouvaient se manifester sans qu'il ait de comptes à rendre à qui que ce soit.

« J'en ai toujours la clé sur moi, personne n'y doit rentrer, sauf avec ma permission. »

Entre la pensée sauvage façon Lévi-Strauss et l'ethnologie, où le bricolage théorique tient lieu de fondement, construire sa cabane est une manière de penser la société. Jung l'a fait, Wittgenstein l'a vécu, d'autres le rêvent. Braconnage, recyclage. On bricole du concept, on braconne sur le terrain d'autrui et on recycle des morceaux de pensée, d'Henry David Thoreau à Le Corbusier.

« Par moments, je suis comme répandu dans le paysage et dans les choses et je vis moi-même dans chaque arbre, dans le clapotis des vagues, dans les nuages, dans les animaux qui vont et viennent et dans les objets. »

Il m'arrive souvent de penser à Yann. Dans le kaléidoscope de mes réflexions quotidiennes, je songe à qui il était, mais c'est la première fois, à la lumière de ce que j'ai écrit sur lui, que je le perçois aussi nettement. Je l'ai vu en train de pérorer comme si j'avais été présente dans l'amphi de la Sorbonne. Je me suis autant retrouvée dans ses lectures que dans son curieux complexe de supériorité, qui implique aussi celui d'infériorité. Lorsque je dis ce que Yann pensait de Mai 68, évidemment, je raisonne en tant qu'écrivain. Mais il faut bien que je considère la logique de ses actes pour raconter son histoire. En revanche, quand je parle de ses sentiments, il m'arrive une chose étrange : je suis projetée dans sa peau, hors de moi.

Quelqu'un m'a dit il y a quelque temps, Mais enfin, tu es une femme. Comment peux-tu savoir ce qui se passe dans le cerveau et dans le corps d'un homme, que veux-tu connaître des pulsions qui l'animent ? Et donc, lui ai-je répondu, dois-je peindre des aquarelles ? C'était certes un raccourci, et je n'ai pas eu envie d'entrer dans le détail, sinon je lui aurais parlé de Flaubert et de *Madame Bovary*.

22

Le ciel est d'un bleu profond au-dessus de la clède, comme on dit en ardéchois, ce cabanon rudimentaire qui sert de séchoir pour les marrons à l'automne. Juste à côté il y a une autre construction tout aussi primitive, sans doute bâtie pour abriter ceux qui viennent ramasser les châtaignes. Toit de lauzes, épais murs de schiste, les paillettes de mica mêlées aux pierres resplendissent au soleil comme des pépites d'argent terni. À travers les feuilles des châtaigniers la lumière joue avec la surface du lac, en contrebas de la terrasse de planches brutes. Plus loin en amont, une série de cascades en pente douce. L'eau caresse les pierres rondes, lisses, voilées par des touffes d'herbe qui paraissent plus sombres sur le gris clair, une couleur de dauphin, à mi-chemin entre le végétal et l'animal. Construite à flanc de coteau le long du ruisseau qui sert aussi bien à se débarbouiller qu'à laver la vaisselle quotidienne, la cabane domine le paysage, une forêt dense et un chaos d'éboulis rocheux tapissé de fougères et de mousses fleuries. Le seul chemin est celui qui monte en épingle du lac, les autres accès sont barrés par un enchevêtrement de vieux troncs qui pourrissent lentement. Dans la pièce unique du cabanon, l'âtre noir est encombré de fleurs séchées, de romarin sauvage et de touffes de thym. La paillasse en jute remplie de foin frais est couronnée d'une large moustiquaire dans laquelle Yann a piqué des fleurettes d'un bleu vif. Tout autour du lit, des livres ouverts et posés sur la tranche ou empilés, certains déjà poussiéreux, d'autres grumeleux de la cire de bougie qui a coulé entre les pages. Kant, la *Critique de la raison pure*, et Heidegger, *Être et Temps*, gisent à côté de l'oreiller. Yann habite ici. Il a loué la cabane pour une somme dérisoire, trente francs, jusqu'à la fin de l'été. Le paysan n'en aura besoin que dans trois mois, et lui ne compte pas rester au-delà de septembre. Une fois la colère et la fatigue dissipées par ces heures égales, douces, laborieuses, il s'est aperçu qu'il aimait par-dessus tout ses études et qu'il n'avait qu'une envie, les retrouver. Qu'importe si ses camarades l'insupportent, qu'importe le désordre qui continue de régner dans les amphithéâtres et les salles de cours. Ça finira bien par se calmer, il suffit de ne pas se laisser atteindre.

Maria va venir. Yann l'a rêvé la nuit dernière. Elle s'asseyait sur la paillasse et l'embrassait pendant qu'il dormait, est-il possible de dormir dans un rêve ? il ne le sait pas, Freud et Jung étaient trop lourds, il a fallu les laisser dans sa chambre à Paris, mais à la bibliothèque de l'École, qui lui a fait si peur la première fois, il y a tout ce qu'il veut savoir, tout ce dont il veut s'emparer. Il aura le temps de lire, autant de temps qu'il voudra.

Il reste tant de choses à faire. Ranger, nettoyer. Repiquer des fleurs fraîches dans le voile de la moustiquaire, les autres ont déjà séché. Aller au village pour gonfler les maigres réserves de nourriture, même s'il ne mange pas grand-chose depuis qu'il est arrivé. Laver ses vêtements aussi, mais il renifle ses aisselles et ne sent rien, l'air et le soleil ont purifié son corps, il n'y a pas d'humidité sauf le soir, un peu, quand les lucioles s'allument et dansent entre les bambous, en bas. Souvent il attend la nuit près de la rivière après son dernier bain, un livre à la main qu'il ne peut plus lire, le soleil s'en va tard mais l'ombre gagne vite la vallée. Il écoute les grillons, les musaraignes, les criquets. L'eau qui coule autour de lui, monotone. Les bruits minuscules. Les papillons moirés, émeraude, désertent les flaques et se cachent, les libellules frémissent une dernière fois. Parfois un goujon saute, une bête soyeuse se glisse dans un trou. À force de solitude, il en a déserté toute idée. Il y a trois nuits, il s'est laissé couler là où il savait avoir pied et s'est assis sur les talons, immergeant le torse, les épaules, le menton, les yeux, le front, toute la tête enfin, si lentement que chaque centimètre de son corps gagné par la fraîcheur était un frisson. Les yeux ouverts, il a nagé vers le milieu du lac, là où c'est plus profond, émergeant de temps à autre pour respirer. La caresse froide du courant sur sa peau lui a donné le vertige. S'il mourait là, maintenant, il n'y aurait que Maria qui saurait où le trouver. Sensation d'avoir changé d'état, d'être passé du solide au liquide. Ses membres étaient des élytres, des nageoires de poisson, son visage, un museau, ses jambes, une queue de sirène. Flottant sur le dos il a regardé le ciel. Les étoiles comme des trous de lumière au-dessus de lui. Longtemps il a pensé à son désir de Maria, au mystère de son amour. Destinée ou hasard ? Mais le hasard nous ressemble tellement.

Yann est serein. Les seules pensées qu'il rejette dès qu'elles se présentent concernent sa mère, sa peine pour elle, son souci, sûrement. Et Alexandre, qui l'a trompé et que lui-même, d'une certaine manière, a trahi. Mais qui a commencé ?

23

Ma Maria,

Jamais je ne t'ai appelée ainsi. Tu ne l'aurais pas permis.

Alex te trompe avec Bébé, et avec toutes les filles du monde, si c'est possible.

Tu souffres trop, déjà. Tu vas encore plus souffrir si tu restes. Je pars, je te ferai vite savoir où.

Viens. Vous êtes toutes pareilles pour lui. Tu n'es qu'une parmi les autres, rien de plus à ses yeux, et jamais il ne changera. Je le connais.

Viens. Pour moi tu es la seule, et tu seras l'unique.

Viens, je nous aimerai pour deux, pour trois, pour quatre ou cinq, pour tous les bébés que je te ferai.

Viens. Je te jure que tu vas m'aimer.

Yann

24

T'en souviens-tu, ma sœur, mon Bébé ? De nos pleurs mêlés ? De nos larmes salées, de nos bras emmêlés, des sanglots que nous n'arrivions pas à endiguer ? Te souviens-tu de notre colère, de notre chagrin ? De cette nuit où, ensemble, nous avons débarqué dans la chambre d'Alexandre et mis à la porte cette Isobel toute nue, l'idiote qui s'asseyait derrière moi dans l'amphithéâtre, cette poupée qui se débrouillait pour demander les notes qu'ils avaient prises, comme si elle leur faisait un cadeau, aux plus gentils d'entre nous ? Elle a eu de la chance, non ? Nous étions déchaînées. On a jeté ses habits par la fenêtre pour qu'elle se rhabille en bas de l'immeuble, enfin, c'est toi qui l'as fait. Un peu de pitié, m'as-tu dit, au fond elle n'y est pas pour grand-chose, cette bêcheuse. Nous avons dansé, ivres de rage, autour de lui, déchirant ses affaires, les chemises dont il était si fier, et même ses livres adorés, Stendhal, Austen, Chateaubriand, Hugo. Hugo… ! « Notre plus grand poète, hélas ! » Pauvre chéri.

A-t-il eu peur, notre étalon, ne serait-ce qu'un petit peu, de ces furies venues venger leur humiliation partagée ? La première chose qu'il a faite quand nous sommes entrées a été essayer d'attraper son slip, comme si nous ne l'avions jamais vu nu. Par la fenêtre, le slip, avec les affaires de l'autre, celle qui venait juste de se faire duper ! Et les draps du lit, et l'oreiller. Alexandre n'avait plus rien pour se cacher. Dans un sursaut de mâle dignité il s'est alors mis debout, levant la main sur moi, comme cela lui était déjà si souvent arrivé. Quand ton petit poing l'a frappé sur le nez, il s'est mis à pisser le sang et à jurer. Je crois que ça nous a mises en joie, ça nous a délivrées. Nous avons éclaté de rire. Puis, avant que ça dégénère, nous avons filé.

On avait de l'argent en poche, la vieille voiture de maman, l'euphorie de la liberté recouvrée. L'été ne faisait que commencer. En prenant la route, on se passait les canettes de bière, riant, soulagées, C'est fini, plus jamais on ne se ferait avoir, plus jamais on ne souffrirait pour un homme, plus jamais on ne se mentirait, promis juré. À la porte d'Italie, on s'est embrassées. Nous nous étions pardonné, nous nous aimions comme autrefois, comme jamais. On ne se quitterait plus. À la vie à la mort.

Ma sœur, mon Bébé. Tu m'avais offert de m'accompagner. Yann m'avait envoyé un plan, avec une croix et un cœur dessiné à côté. Il m'attendait.

25

Frangin,

Écoute, je n'en peux plus. Je m'en vais un petit moment.

Tu connais mes sentiments pour Maria. Avec toi, elle n'est pas heureuse. Si tu là quittes, si tu la quittes VRAIMENT, *elle aura besoin de moi. Je peux lui donner tout ce qu'elle ne trouvera* JAMAIS *auprès de toi.*

Allez, mon frère, un bon geste. Qu'est-ce que tu disais ? Il y en a cent, mille, des milliards comme elle.

JE T'EN PRIE.

P.-S. : De toute façon, je ne pouvais plus dormir dans la chambre près de la tienne. TU RONFLES TROP.

P.-P.-S. : Je ne t'en veux pas, mais, bon Dieu ! Tu as pris à ces filles leur dignité, deux chiots que tu privais de nourriture à ton gré. Dis, la honte, c'est un sentiment que tu connais ?

Ton petit frère que tu aimes,

Yann

26

C'est son visage qu'Alexandre a vu en premier. La bouche à peine fardée, l'arc des lèvres entrouvertes sur ses petites dents d'enfant, ses pommettes hautes, son menton joliment dessiné, ses joues pâlies.

Il a remarqué pour la première fois que ses cheveux avaient été coupés. Une frange désordonnée, courte, sur le front. Des mèches plus longues lui frôlaient le cou.

Il a regardé ses mains, fermées en poings. L'un des bras était allongé près du corps, l'autre levé, comme pour manifester. Elle portait un pantalon pattes d'ef à grosses fleurs d'un vert acide et une courte chemise orange à larges manches jaunes nouée sous les seins. Les pieds étaient nus.

Ensuite on lui a montré l'autre sœur. Crâne rasé. Lèvres bleuies dans la blancheur du visage, paupières noires comme des trous, sourcils brûlés.

Alexandre a embrassé Bébé sur le front. De même, il a embrassé Maria. Ses larmes coulaient, brûlant sa gorge, bouchant son nez. Pas de sanglots ni de soupirs, juste ce déversement régulier qui l'obligeait à garder la bouche ouverte pour respirer. Ses jambes ont lâché, et il s'est retrouvé assis par terre, dans un coin de la chambre, tassé sur lui-même. Les bras sur la tête, à la manière d'un homme qui se rend, il est resté sans gestes, sans paroles. Longtemps. Berçant son cœur ahuri, son cœur stupide et comme anesthésié.

Comment le dire à Yann ? Où le trouver ?

27

Ma petite maman,

Surtout, ne t'inquiète pas. Quand Alexandre te remettra ce petit mot je serai loin, mais pas en danger. Je suis fatigué, c'est tout, ce n'est pas plus compliqué. J'étais tellement heureux d'avoir réussi le concours, tu le sais, tellement fier, mais maintenant, je ne sais plus ce que je veux. Je sais en revanche ce que je ne veux pas : faire le pitre comme mes brillants camarades, qui ne cessent de rivaliser d'esprit, de s'agiter dans tous les sens, et pourquoi ?

Je ne veux pas être le premier – ni, pis encore !, le deuxième – d'une classe d'idiots intelligents, bons à construire de toutes pièces une vérité, quitte à y croire après. À quoi bon, dis-moi ? D'ores et déjà, je sais que je retrouverai mes camarades tout au long de ma route, et qu'entre nous il y aura toujours ce petit signe d'intelligence, cette complicité secrète qui me répugne déjà. Certains d'entre eux embrasseront la carrière politique, d'autres deviendront historiens, sociologues, écrivains, pourquoi pas ? Et moi ? Je n'ai envie de rien de tout ça.

Même nos maîtres, dont j'aimais une certaine austérité, ont été comme contaminés par l'ambiance qui règne ces temps-ci. Mais laissons cela.

Il faut juste que tu saches que, même si je ne donnerai pas de nouvelles, je prendrai soin de moi.

Je t'embrasse, à tout bientôt, ton fils qui t'aime, Yann.

P.-S. : Je ne te dis pas où je vais, sinon, c'est sûr, tu vas cafter. Qu'il est con ton fils (l'autre), parfois. Tu le sais, non ? Ce n'est pas grave, ne t'en mêle pas, va, ça passera…

28

Faire comme si de rien n'était. D'ailleurs, il ne s'est rien passé. Juste une heure noire, un découragement. C'est normal, ça arrive, la vie que Yann menait avant ne ressemble en rien à celle-ci, dépossédée de tout sauf de ses livres, où le silence est tel qu'il s'entend penser. Cesser de se raser, de se peigner, nouer ses cheveux avec un lacet au lever, se laver dans l'eau du ruisseau, c'est un changement plus profond qu'il ne le croyait. Pas de miroir dans sa cabane, mais peut-être Maria en aura-t-elle besoin. On verra.

Ces jours-ci, les notes dans ses cahiers sont devenues plus nettes. Le stylo qu'il utilise est une simple plume taillée avec laquelle il trace ses mots un par un, donnant à chacun d'entre eux une importance différente de celle, toute relative, de leur signification intrinsèque. *Exit* la philo, merci le *Samu* – pratique discrète, observation, travail manuel. *Le Zen dans l'art chevaleresque du tir à l'arc*, où la flèche de bambou part seule au but, est son dernier ouvrage de chevet.

Il va se fabriquer une pierre à encre, sa bouteille ne convient pas à son nouvel amour pour la calligraphie. Samedi matin il est allé au marché de Vans, pour se procurer le nécessaire. Une sorte de chamane bariolé, un sorcier poilu avec une tête d'illuminé, l'a interpellé, lui prenant presque de force la main. Depuis, il est troublé par ses étranges prédictions, même s'il n'y croit pas. Allez savoir pourquoi cet exalté s'en est pris à lui. Enfin, il aurait préféré ne pas l'avoir rencontré.

Maria mettra le temps qu'il faut, plus qu'il ne le pensait, mais elle viendra. En attendant, il a décidé de donner tournure à son habitation. Scier, fendre le bois, colmater, tout travail qu'il fait avec ses mains demande un souffle, une posture. Une concentration à laquelle il n'était pas habitué, où participent à la fois le corps et la tête. Il se souvient d'avoir souligné ces mots de Jung : « J'ai renoncé à l'électricité et j'allume moi-même le foyer et le poêle. Le soir, j'allume les vieilles lampes. Il n'y a pas d'eau courante ; il me faut aller à la pompe moi-même. Je casse le bois et fais la cuisine. Ces travaux simples rendent l'homme simple, et il est bien difficile d'être simple. »

Il lit aussi *Éloge de l'ombre* de Tanizaki, laborieusement déchiffré du japonais à l'aide d'un énorme manuel qu'il a trouvé au marché – par quels étranges chemins sont-ils arrivés sur l'étal des bouquins d'occasion, au milieu de romans noirs en piteux état, ces ouvrages venus de si loin ? Tous les matins, entre six et huit heures, la beauté brute du monde, la patine que la pluie et le vent donnent à toute chose alentour, et à lui-même, l'éblouissent. *Wabi* est la peau brune, toute marbrée de mousse, d'un arbre tombé. *Wabi* est la vieillesse du chêne, sa tranquille majesté. *Wabi* est une poterie ébréchée, avec sa couleur de pleine lune. *Sabi* est ce qui ne sera plus jamais, le monde dans sa vérité dernière, les bois flottés, les pierres blanches de la rivière. *Wabi et sabi* sont la même chose, mais pas tout à fait. *Sabi*, c'est *wabi* plus le temps, lui-même cinquante ans plus tard. Dépouillé, désencombré au couchant d'une existence exemplaire, droite et claire.

Hier une hirondelle est entrée dans la pièce où il dort. Elle n'arrivait plus à ressortir, se cognait aux murs, trillant. Puis son petit corps s'est pris dans la moustiquaire. Les ailes arquées se sont immobilisées. Il a pu s'en saisir et la libérer. Ensuite, pendant la nuit, quelque chose a effleuré doucement son front, plusieurs fois. Dans le noir, impossible de savoir ce que c'était. Le rêve dont il sortait confondait l'instant présent et le moment où il avait entouré de ses paumes l'oiseau prisonnier. Ce matin, il y avait un énorme papillon brun, ailes repliées, sur son oreiller. Tous ces êtres ailés qui visitent ses journées et ses nuits. De beaux présages, sûrement.

Que Maria vienne enfin. Il la déshabillera, la baignera, piquera des fleurs dans ses tresses, lui cerclera d'argent chevilles et poignets. Hanches pleines, ventre rond, seins gonflés. Il rêve d'elle, nue, au fil de l'eau, des algues en triangle vert, d'autres dans les cheveux.

Il dessinera des roses sur sa poitrine, lui achètera des jupes à franges, des bottes en daim mauve, tout ce qu'elle voudra.

Si elle veut il l'épousera. Il lui fera un enfant, tout de suite. Il pourrait naître au printemps.

29

Laquelle des deux sœurs avait-on retrouvée en vie ? Lorsque après le coup de téléphone Alexandre a pris la route, il lui a semblé que la question était vaine. Pour lui, toutes les deux sont mortes, toutes les deux sont vivantes, sa conscience n'a pas encore imprimé le caractère définitif du mot.

C'est lui qu'on a appelé, car dans l'exaltation du départ Maria et Élisabeth avaient oublié leurs papiers. Le seul numéro de téléphone dans leurs affaires était le sien. Avant d'en faire part à leurs parents, il faut qu'il sache. C'est sa pénitence, sa punition. Pas une seconde Alexandre ne songe à fuir sa responsabilité.

Quand il pense à Maria, il ne peut l'imaginer morte. Morte, quel mot étrange, ça ne veut rien dire, non ? Il l'aime, oui, il l'aime, et elle aussi, et il a salement déraillé. Tout de suite après, il repense à sa jalousie, à l'impossibilité d'être en paix, à la compréhension de Bébé, son joli Bébé qui jamais ne lui casse les pieds, qui lui laisse son entière liberté sans une grimace, sans un reproche. Mais non, c'est Élisabeth qu'il veut, sa tendresse, son admiration, son intelligence réservée. Élisabeth est la compagne qu'il lui faut car jamais il ne changera, même pour Maria. Il est hors de question d'abandonner son style de vie, il sera malheureux s'il le fait, toujours sur le point d'être découvert, toujours obligé de dissimuler. Bébé sait tout mais elle regarde de l'autre côté, se contente de ce qu'il lui donne, l'accepte comme il est. Alexandre transpire, ses mains glissent sur le volant, il les essuie l'une après l'autre sur son pantalon, l'expression « S'en tirer les cuisses propres » le fait sourire, sinistre, un instant, voilà, c'est ça, avec Maria il faudra toujours qu'il cache ses taches, ses fautes, ses envies. Comment passer sa vie à désirer une seule femme et s'y tenir ? Malgré le coup de poing qu'elle lui a mis sur le nez – sacré punch, quand même ! –, Bébé lui pardonnera toujours tout, Maria jamais rien. Maria, c'est une vestale, une fanatique, une intégriste, une radicale de la fidélité, une… Une quoi ? Une jeune femme que tous les hommes lui envient mais qui l'aime, lui, sa chance sur terre et au ciel comme on dit dans les romans, et qu'est-ce que ça veut dire sauter chaque fille qui passe, à quoi ça rime de n'être comblé par aucune, quelle perte de temps, depuis combien d'années dure cette maladie, Maria est celle qui l'en guérira, c'est d'elle que dépend son salut, quelle folie de ne pas le reconnaître, et maintenant il est trop tard, voilà, c'est fini, il en est convaincu, on l'emmènera dans une pièce blanche et il la verra, sa poupée, toute cassée. Avec aucune autre il n'aura ce qu'il a eu avec elle, cette passion chaude, cette reconnaissance des corps, cette paix dans la nuit. Pourtant, avec Bébé aussi il est rassasié, et à moindres frais, pas obligé de payer en nuits blanches, en scènes hystériques, en assiettes brisées.

Il semble à Alexandre que c'est lui qui décide laquelle des deux sœurs mourra, oubliant que pour l'une d'entre elles tout est déjà fini et qu'il n'y peut rien.

30

Yann nage dans le lac en bas de sa cabane, d'un saule pleureur à un gros rocher de l'autre côté, là où le plan d'eau est le plus large. Chaque longueur il se dit, C'est la dernière. Si j'arrive de l'autre côté, elle viendra. Mais ce n'est pas assez, alors il recommence. Encore et encore.

Lorsqu'il sort, il a les membres qui tremblent, la tête qui tourne et les lèvres bleues. Son cœur est une pierre dans sa poitrine. À plat ventre, les bras ouverts en croix, la tête sur les cailloux au goût de plâtre, les cheveux sur le visage, dans la bouche, dans les yeux, Yann pleure. Il n'a pas réussi. Pas assez nagé. Pas assez prié. Pourquoi en est-il si sûr, tout d'un coup ? C'est comme si Maria était morte. Ou lui.

31

Pourquoi le premier rêve dont Jung se souvient est-il une merveille de signifiant et signifié, la descente dans le puits en présence du phallus ancestral, et moi, le premier rêve dont ma mémoire garde une trace, c'est une grosse vache violette sur un sentier de montagne ?

Plus de cinquante ans se sont écoulés entre l'écriture et la publication du *Livre rouge* de Jung. Les visions qu'il contient, publiées du vivant du psychiatre, lui auraient fermé les portes de son milieu : Jung savait que beaucoup d'êtres humains intelligents se glorifient de leur cerveau à titre personnel, se vantant de ne croire en rien comme s'il s'agissait d'une preuve ultime de sagacité : derrière l'univers, le vide.

Dans ses mémoires, Jung raconte :

« Le dimanche à cinq heures la sonnette de la porte d'entrée sonna à toute volée. Nous courûmes à la porte mais il n'y avait personne ! L'atmosphère était à couper au couteau. Je me rendis compte qu'il fallait que quelque chose se passât. La maison entière était comme emplie par une foule, elle était comme pleine

Tant de sentiments, de colère, d'émotions, de pleurs, tant de nuits blanches et de scènes et de tristesse, tant de trahisons, de promesses et de lâcheté. Tant d'espoir, de bonheur, de foi, de victoires sur soi et sur le monde. Et puis, un mur.

Jung croyait qu'il y avait quelque chose au-delà. Moi aussi.

Qu'a vu Maria lorsqu'elle est passée si près de la mort ?

d'esprits. Ils se tenaient partout, jusque dessous la porte, et on avait le sentiment de pouvoir à peine respirer. Naturellement une question me brûla les lèvres : "Au nom du Dieu du ciel, qu'est-ce que cela ?" Alors il y eut comme une réponse en chœur : "Nous revenons de Jérusalem où nous n'avons pas trouvé ce que nous cherchions." Ces mots correspondent aux premières lignes des *Sept sermons aux morts*. Alors les mots se mirent à couler d'eux-mêmes et en trois jours la chose était écrite. À peine avais-je commencé que toute la cohorte d'esprits s'évanouit. »

Dans ce livre de souvenirs, recueillis et publiés par Aniéla Jaffé, sa secrétaire entre la Seconde Guerre mondiale et la fin de sa vie, Jung, qui n'a peur de rien lorsqu'il parle de ses voix intérieures, n'évoque qu'à mots couverts son rapport aux femmes.

C'est par Sabina Spielrein, sa jeune patiente devenue médecin puis analyste, que la littérature et le cinéma ont été séduits. Amoureuse de lui au début du XXe siècle, Sabina a été pendant de nombreuses années en relation épistolaire avec le psychiatre. Les lettres publiées racontent une femme entière, intense, intelligente, belle. La passion clairvoyante de Sabina a été son moteur d'évolution. *Spiel-rein* – le jeu, le défi de la pureté ?

Elle sortira victorieuse de ces années troublées. Elle se mariera et aura deux enfants – deux filles avec lesquelles, en 1942, elle sera raflée par les nazis et fusillée contre le mur d'une synagogue.

32

J'ai traversé l'agonie, je suis morte, je suis revenue. Je dors longtemps. Je me réveille. Alexandre est là. À côté de moi, tête courbée, penché sur mon lit. Envie de lui ouvrir la poitrine, de tenir son cœur entre mes mains, de mettre ma bouche sur sa blessure, de boire son sang. Ma mère m'apporte du thé, mais c'est Alexandre qui tient la tasse près de mes lèvres. Je recrache le liquide, il est salé, pourquoi ? Alexandre sort de la pièce. Je regarde ma mère. Personne n'a prononcé le nom d'Élisabeth depuis que je suis ici. Tout le monde murmure. Papa entre et sort comme une ombre. Personne n'est réel. Je me rendors. Je dors longtemps. Je me réveille. Je me souviens. Je ne veux pas.

Comme ils sont patients avec moi. C'est ennuyeux. On me gâte trop. Élisabeth est morte. Je ne peux pas pleurer, je suis ailleurs. Elle est morte, et alors ? Et moi ? Je ne suis pas morte, moi ? Pourquoi ? Où est son camion de pompiers ? Je voudrais que maman me l'apporte, mais elle dit qu'on ne l'a plus, qu'il a été perdu, donné. Personne ne sait.

Alexandre revient. Je m'endors. Je me réveille. Il est à côté de moi dans le lit, ne me touche pas, trop de lacets, de canules, de veines découvertes, transparentes, du sang dedans, de l'eau, quoi ? Son haleine est fétide quand il s'approche de moi. Je tourne la tête. Je me rendors. Je me réveille. Il n'est pas là. Je hurle, je ne veux pas qu'il sorte de cette pièce, jamais. Maman pose des serviettes fraîches sur mon front, une poche avec des glaçons, la fièvre ne me quitte plus, moi aussi je vais mourir, moi aussi je veux mourir, pas la force de garder les yeux ouverts, je les referme, je m'endors, je me réveille, quand je les rouvre Alexandre est là.

La fièvre m'a quittée. Alexandre est avec moi. Quand il s'en va, je hurle. La fièvre me reprend.

Il paraît qu'on est au mois de septembre. Il paraît que je remarcherai. Alexandre courbe la tête, me regarde longtemps. Sans parler.

33

Jean en lambeaux, tee-shirt moulant et gros ceinturon, Yann est revenu à Paris un jour de septembre. Cheveux longs, barbe clairsemée, peau ridée par le soleil, pieds nus – talons noircis, calleux, épines de bogue incrustées – dans des sandales en cuir. Mains sèches, noueuses, tendons saillants. Sac plein de livres accroché à l'épaule, besace avec quelques effets personnels à la main. Maigre, visage en lame de couteau, lunettes bleutées de sérieux qui se cache pour s'exprimer. Dans sa chambre vide, Alexandre s'est assis sur son lit, Yann sur la chaise face au bureau. Dos tourné. Il a murmuré :

— Dis-moi.

— Je ne sais pas par où commencer. L'accident, tout ça… tu sais déjà.

— Raconte-moi juste ce qui s'est passé. Le reste, après.

— Quand tu es parti, j'ignore comment, les filles ont appris… Enfin, bon. J'aimerais bien savoir qui c'est, la salope ou le salaud qui a craché le morceau. Bref. Elles ont débarqué, la nuit, chez moi. De vraies folles, tu aurais vu ça ! Et elles ont pris la route juste après. C'était Maria qui conduisait. Puis, vers Beaune, un camion…

— Bébé…

— Est morte sur le coup.

— Et Maria…

— Maria s'en est tirée. Elle va retrouver l'usage de ses jambes, mais la rééducation… ça va être long.

— Comment va-t-elle ?

— Elle a perdu la mémoire. Enfin, en partie. Tout ce qui concerne… juste avant, et après.

— Je peux la voir ?

— Elle ne veut personne.

— Sauf toi.

— Sauf moi. Elle ne mange pas, ne boit pas, n'ouvre même pas les yeux si je ne suis pas là.

— Bien.

— C'est tout ce que tu trouves à dire ?

— Bah ! il n'y a pas grand-chose à ajouter, non ?

— Qu'est-ce que tu vas faire, Yann ?

— On the road, frangin. M'en aller.

— Encore ?

— J'aurais mieux fait de ne pas revenir, tu ne crois pas ?

— Tu m'en veux, dis ?

— Bien sûr. T'es qu'un gros salaud, mon pote. Le malheur avec toi, c'est que tu n'as pas assez de sang pour faire fonctionner ton cerveau et ta bite en même temps.

— Ajoute mon cœur, tant qu'à faire.

— Ton cœur ? Ne viens pas me parler de ce que tu ne connais pas…

— Mais j'ai été sincère !

— Sincérité n'est pas vérité. Ni courage, ni, encore moins, rectitude…

— Rectitude, comme tu y vas… Tu me connais, c'est dans ma nature, la légèreté !

— Ta légèreté, c'est de la désinvolture. Et de la superficialité.

— Tape, tu as raison. Je suis un salaud.

— En fait, je ne t'en veux même pas. Ce n'est la faute de personne. Comme on dit.

— De toute façon, ce n'est pas parce que c'était fini avec moi qu'elle aurait voulu de toi. On n'est pas les seuls mecs au monde.

— Au moins, arrête de te trouver des excuses. Si tu ne veux pas mon poing dans la gueule. Juste… Tu sais où elles allaient quand… quand c'est arrivé ?

— Non. Elle dit qu'elle a oublié. Nulle part. Dans le Sud. Va savoir.

— Oui. Et toi. Comment tu vas ?

— Et toi ?

— Moi, ça va.

— Tu repars quand ?

— Dès que je peux. Je passerai voir maman, prélever un peu d'argent sur l'héritage de papa. Si tu n'y vois pas d'inconvénient.

— Fais ce que tu veux. Si tu savais comme je m'en fous. Tu reviens vite, dis ?

— Quand tu commenceras à me manquer. J'ai le temps de faire deux, trois fois le tour du monde avant.

— Très drôle. Bon, faut que j'y aille, il est quatre heures. Je lui dis quelque chose ?

— Dis-lui… Non. Ne dis rien.

— D'accord. Au revoir.

— Ouais. Adieu.

— Arrête, Yann ! Tu me fais flipper !

— Ta douleur rachète ta faute. En partie, du moins.

— Tu me fais…

— … Pas de gros mots ou maman va pleurer.

— Bon, eh bien…

Les ressorts du lit grincent quand Alexandre se lève. Il reste immobile quelques instants puis se retourne. La porte s'ouvre et se referme doucement derrière lui. Mains croisées, doigts crispés, Yann n'a pas bougé.

En amour, la pire des choses, c'est la liberté.

ANONYME

34

Comment décrire un visage, un corps, pour que celui qui en lit la description les voie ? En quoi le visage, le corps de Maria sont-ils si émouvants ?

Il y a des êtres qui ont la grâce. Ils exercent, parfois à l'encontre même de nos instincts, un pouvoir sur nous. Il ne s'agit pas à proprement parler de beauté – ce serait trop simple. Maria n'était pas physiquement irréprochable : c'était une femme aux hanches un peu trop pleines, aux yeux un peu trop battus, aux coins de bouche tombants. Après sa jeunesse triomphante elle s'était alourdie et avait perdu cette superbe plastique qui semblait pouvoir défier le temps et la force de gravité.

Ses seins s'étaient affaissés, des rides étaient apparues sur son front. La vallée des larmes, chez elle très prononcée, s'était creusée. Pourtant, à trente-cinq, à quarante, et même après cinquante ans, elle était de ceux qui appellent le regard et le retiennent. C'était comme si l'âme crevait la surface, comme si par transparence on pouvait voir qui elle était.

Qu'est-ce que Yann aimait par-dessus tout en elle ?

Le creux à la base du cou, où une minuscule croix en diamants suspendue à une fine chaînette jetait tour à tour une goutte d'ombre et des reflets de lumière. Il aurait voulu y coller ses lèvres et rester comme ça des nuits entières, les yeux fermés, sans bouger.

Un autre creux, derrière le genou de Maria, où jouait une perle de sang bleu pâle, un serpentin visible sous l'épiderme délicat, le rendait fou de désir.

Il ne s'agissait pas d'emplacements secrets, on le voit, mais ils étaient ceux dont Yann avait fait le sanctuaire d'une jouissance privée.

Alexandre, qui s'est penché sur ce corps des années durant sans se lasser, aimait des détails plus crus : ses mèches blondes collées par la sueur, le fait que Maria ne pouvait garder les yeux ouverts lorsqu'il la pénétrait, sa tête qui frappait un côté puis l'autre de l'oreiller comme si elle était ivre, les creux de ses genoux aussi, dont il avait une vision privilégiée car Maria se cabrait, se retournant presque sur elle-même pendant qu'il lui faisait l'amour, ses genoux venant alors encadrer son visage, et à la fin son cri, une protestation, vagissement mi-rire mi-pleur.

Du corps de sa femme, il ne connaissait rien d'autre que l'usage qu'il en faisait. Sur son plaisir à elle, en revanche, il n'avait rien compris. Parce que Maria, avec lui, n'avait jamais joui.

35

Entre 1968 et 1973, Yann, qui ne sait rien faire d'autre que lire et naviguer, va louer ses mains, ses yeux, ses bras et ses jambes à des gens qui ne savent pas déchiffrer le ciel, tenir une boussole, consulter les brises, s'accommoder d'une accalmie, défier les flots, respirer au rythme du ressac et des marées. Il cède ses compétences à bas prix et embrasse tous les jours sa chance, la chance du rien, du noir, de l'ultime liberté. Voiliers, clochards des mers, princesses en teck et bois précieux, aucune voile, aucune drague ne lui résiste. Un petit garçon japonais, dont le père l'a embauché pour une excursion sur les côtes turques, l'a dessiné menant le bateau en laisse comme un chien, et au-dessus du dessin a inscrit les signes :

神
風

Le petit garçon a vu juste, Yann est le prince du vent, en japonais un kamikaze, *kami*, dieu, *kaze*, vent. Ça lui va bien.

Les rêves portent Yann comme les étoiles filent dans le ciel d'été. Quelle dose de vérité peut-il encore supporter ? Tout ce qu'il a appris lui semble vain. Penser mieux pour vivre mieux ? Spinoza, Épicure ? Pour sauver sa peau et son âme, il faut au contraire qu'il cesse de penser. Le toujours présent du réel, l'éternité de chaque instant le tient éveillé. L'espérance lui semble ce qu'il y a de pire, car par elle le désespoir s'infiltre et absorbe tout. Il vient de souligner une phrase trouvée chez Mircea Eliade : « Seul est heureux celui qui a perdu tout espoir, car l'espoir est la plus grande torture qui soit. » Alors, apprivoiser son désespoir ? S'en nourrir, en vivre plutôt qu'en mourir ? La pilule est amère à avaler. Que demandait-il de si difficile à obtenir ? « Deux solitudes se protégeant, se complétant, se limitant, et s'inclinant l'une devant l'autre. » Ce n'est pas de lui, encore une phrase soulignée dans un livre, de Rilke cette fois-ci. Le discours de Yann est farci de citations.

Non, la sagesse n'aide pas à vivre. Ni la poésie. Ça sert juste à être malheureux plus dignement. Ç'a un peu plus de gueule, et ce n'est déjà pas si mal. Yann se dit que peut-être, à force de le vouloir, il arrivera à trouver la paix au-delà de la désillusion. Ce qui ne l'empêche pas d'entrevoir des déchirures de beauté, de joie. La fusion atomique du soleil au coucher. Son ombre qui le suit sur le sable blanc quand il plonge nu dans la mer, et sa peau qui n'est alors rien de plus qu'un cuir souple, tanné, qui retient son cœur d'éclater. La foudre d'un mur couvert de volubilis, la céleste meurtrissure du plumbago. D'autres bleus, la mer, les cieux.

Ce qui gâche tout, c'est son désir. Un désir forcené. Désespérément sain, le désir. Joyeusement désespéré.

Mais à travers lui, c'est encore l'espoir qui pointe son nez.

La nuit, dans le balancement de l'eau, Yann a des hallucinations où il voit Alexandre à la barre comme lors des sorties avec le *Bonheur*.

Yann boit trop. En même temps que son chagrin il noie son excès de vie, sa peur du lendemain, son manque de clairvoyance et de tempérance, son orgueil démesuré, sa rancœur, sa noirceur, ses ambitions obscures, la passion vraie, constante, réelle, qu'il ressent pour cette femme qui ne veut pas de lui, pour la femme de ce frère qu'il aime malgré tout et qu'il n'arrive pas à détester d'être son rival heureux.

Des filles passent dans sa vie, de celles qui ne se font pas d'illusions sur les hommes mais les aiment quoi qu'il en soit. Elles n'ont pas le temps de s'attacher, ni lui. Des ventres humides, des vagues iodées, des odeurs de forêts. Une caresse dans les cheveux, quelques larmes quand il faut repartir. Parfois des regrets. Au fond, elles le savent, Yann n'a pas de promesses à faire, pas de serments à tenir. Amours contingentes, nécessaires mais pas vitales. Avec elles, Yann ne dissimule pas. La vie est tragique, certes, mais fugitive, instantanée. Rien n'est vraiment important, rien n'est définitif. À peine la mort, et encore.

Ses patrons changent, l'argent lui suffit. Il écrit des cartes postales. Yann n'a pas d'adresse, juste une poste restante à laquelle il se rend rarement. Le faire-part de mariage de Maria et Alexandre l'a rejoint un an après. Celui de son ami François-Xavier, encore un an plus tard.

Quelle était cette chanson qu'elle chantait toujours ? Penchée sur sa guitare pourrie, avec son filet de voix, son joli vibrato, les yeux fermés : « *She takes just like a woman / She makes love just like a woman / And she cries like a little girl* », tant mieux pour elle, tant pis pour lui. Tant pis pour elle, tant mieux pour lui.

36

Swann, raconte Proust, « en arrivait à regretter chaque plaisir qu'il goûtait près d'Odette, chaque caresse inventée et dont il avait eu l'imprudence de lui signaler la douceur, chaque grâce qu'il découvrait, car il savait qu'un instant après, elles allaient enrichir d'instruments nouveaux son supplice ». Peu importe à Maria la culpabilité d'Odette ou l'innocence de Desdémone, sa jalousie n'exige pas plus l'infidélité réelle que l'hypocondrie n'a besoin de la maladie. Chez l'homme, selon Platon, le cocher de la raison conduit deux chevaux symbolisant l'un le cœur et l'autre le ventre. Maria, elle, essaie désespérément de réduire son attelage et celui d'Alexandre, de nouer les rênes en une seule bride qu'elle pourra diriger plus commodément. Ainsi, les sentiments, l'intelligence et les sens seraient en harmonie entre eux, il n'y aurait ni hiatus ni fracture, et Alexandre l'aimerait de tout son être. Mais la jalousie aveugle et rend sourd tout en aiguisant les sens. Un parfum inconnu, une distraction d'Alexandre lui font entrevoir l'enfer. Son imagination galope en même temps que sa poitrine implose, non, Alexandre n'a pas passé l'après-midi à la bibliothèque mais dans les bras d'une nouvelle maîtresse. Comment sait-elle qu'il s'agit d'une nouvelle ? Elle le sait, c'est tout. Elle l'a rêvé la nuit dernière, et Alexandre a beau lui montrer sa carte de bibliothèque avec l'emprunt récent, rien n'y fait. Elle titube jusqu'à la chambre où elle s'affale sur le lit. Le monde lui tombe dessus, et qu'Alexandre la prenne dans ses bras, la berce, lui dise tous les mots doux qu'il connaît n'y change rien. Alexandre est innocent pourtant. Cet après-midi, il était vraiment à la bibliothèque. Il n'a pas sur lui le parfum d'une autre, juste le savon avec lequel il s'est lavé après l'heure adorable qu'il a consacrée à Isobel, rencontrée par hasard dans un bistrot où il prenait un café et suivie chez elle pour un câlin sans conséquence. C'est son idée de la pause déjeuner.

Maria enrage, soupçonne, se déteste, renifle les chemises d'Alexandre, pour peu elle le suivrait dans la rue, mais elle n'a ni le courage de savoir tout à fait, ni celui de se raisonner. Un jour qu'Alexandre a invité une collègue à dîner, elle leur sert un plat qu'elle a assaisonné de ses rognures d'ongles de pied, et l'avoue à Alexandre une fois sa collègue partie. Une autre fois, supputant qu'il s'agit d'un cadeau, elle découpe en lanières son nouveau cartable. La nuit, elle bouillonne de fièvre. Le jour, elle se tord de colère. Elle a peur de le perdre, se dit que si elle continue comme ça elle le perdra, et cette pensée la rend physiquement malade, au point que le médecin consulté pour son anémie, son manque d'appétit et ses hyperthermies s'en alarme et l'envoie quelques jours à l'hôpital afin de procéder à des analyses. Alexandre s'inquiète, Maria en rajoute, et lorsqu'elle revient à la maison se met à cracher du sang après s'être mordu exprès la langue et l'intérieur de la bouche, car elle veut qu'Alexandre ait peur pour elle, peur pour sa santé ; se sentir aimée, c'est tout ce qu'elle désire. Alexandre cesse pendant quelque temps ses manèges de séduction, puis s'ennuie et se rattrape. En une semaine, deux nouvelles conquêtes prennent la place de celles qu'il avait abandonnées, mais dans sa boulimie il cherche à les récupérer, et voici qu'elles lui reviennent, plus ardentes encore de l'avoir cru perdu. Son emploi du temps s'en trouve surchargé. Il maigrit, travaille mal, s'endort dans le métro, rate des rendez-vous. S'évanouit un soir, de retour à la maison. Maria s'alarme à son tour. Les choses se calment un peu.

Il faut avoir été libertin comme Alexandre pour comprendre qu'être jaloux charnellement est une hérésie. Qu'est-ce que le fait de faire l'amour à d'autres femmes peut ôter au sentiment qu'il éprouve pour Maria ? Maria lui a été envoyée par le destin, et ce n'est pas parce qu'il n'en voulait pas au départ qu'il peut aujourd'hui se débarrasser de la culpabilité, de la tendresse, de la compassion qu'il éprouve pour elle. De l'étrange sentiment, ambivalent, jamais véritablement approfondi, qui fait que ses crises, ses ruses ineptes, ses syncopes de jalousie le rassurent. De l'attachement qu'il a pour cette jeune femme entière qui lui donne du bonheur, malgré tout, au jour le jour.

Mais voilà, pour Alexandre, la fidélité est une paresse, un affront à la vie. Pour Alexandre, aucun être moral ne peut tenir parole au jeu de l'exclusivité.

37

Une nuit, dans le port de Naples, deux garçons à mobylette surgirent en dérapant derrière son dos et le poussèrent à terre pendant qu'un troisième, émergeant de l'ombre, lui assenait des coups de poing en séquence rapide puis lui arrachait sa veste et le sac qu'il portait en bandoulière. En moins de trente secondes, Yann se retrouva sans argent et sans papiers. Les trois jeunes voleurs s'étaient enfuis.

Du sang coulait de sa lèvre tuméfiée. Il l'essuya avec la manche de son pull et se rendit compte que son nez était de travers. Le remettant en place d'un coup sec, il le sentit craquer non sans soulagement.

Une fois debout, Yann fit quelques pas en se tenant au mur. En lui tombant dessus, le jeune garçon devait lui avoir fêlé une côte. Respirer lui faisait un mal de chien. Dans une flaque d'eau, un peu plus loin, il retrouva sa veste. Il venait de l'acheter l'après-midi même car l'ancienne était si élimée qu'on ne pouvait plus la rapiécer. Cela le mit en rage plus que l'agression elle-même. Qu'est-ce qu'un capitaine sans sa veste blanche ?

Qui allait-il appeler au secours, maintenant ? Alexandre ou sa mère, il n'en était pas question.

Maria, Dieu l'en garde. Le seul qu'il avait envie de voir lui venir en aide était son ami François-Xavier. Même si cela faisait un moment qu'il n'avait pas eu de ses nouvelles, il savait pouvoir compter sur lui.

En attendant, il ne lui restait que trente mille lires dans la poche revolver. Assez pour ce dont il avait le plus besoin : une bière, une pizza, et une fille.

La nuit à Naples semble plus noire que partout ailleurs. La ville, accrochée aux collines, surplombe le port, inquiétante, bourdonnante, remplie de mystères, de saints grimaçants, de croix sanglantes, de grosses femmes échevelées qui vous regardent passer sans qu'un seul muscle de leur visage ne bouge, aussi concentrées que si elles suivaient un film à la télé ou un combat de chiens.

Yann ne voulait pas quitter le bord de mer. Chaque fois qu'il s'enfonçait dans le lacis de ruelles il revenait sur ses pas, comme si seule la mer, immense masse liquide éclaboussée par les lanternes des bateaux de pêche, pouvait le calmer. Il voyait la ligne esquissée de la péninsule de Sorrente, et, plus loin, la montagne à deux dos de Capri. Il marchait en inhalant l'air par à-coups, les bras serrés contre sa poitrine, songeant à l'argent perdu moins dignement que s'il avait bluffé au poker. Il se demandait de quel genre de fille il avait envie pour la nuit. Une calme, une douce, une qui le soignerait. Il avait la tête qui tournait, la faim et le choc sans doute, mais ne daignait rentrer nulle part. Trop éclairé. Trop de monde, ou pas assez. Trop de tapage. Trop désert.

Alors qu'il hésitait devant la porte ouverte d'un bouge d'où jaillissaient une odeur de basilic et de tomates, des bruits de couverts et des rires, une silhouette brune le frôla, lui dévoilant au passage des yeux aux paupières lourdes étirées vers les tempes et des sourcils si fournis qu'ils formaient une barre sur le front. La créature l'entraîna dans son sillon dans le ventre du monstre, ce Spaccanapoli qu'il ne connaissait que pour en avoir entendu parler. Il la talonna. Sans jamais se retourner, sans montrer qu'elle se savait suivie, la jeune femme entra dans une église par un portillon en bois. Là encore, toujours sans réfléchir, il s'y engouffra derrière elle, lui laissant un léger avantage pour qu'elle n'ait pas l'idée, alarmée, de revenir en arrière.

L'église était vide. Nul n'y priait sur les vieux bancs en bois, nul ne marchait sur les marbres usés, nul n'était agenouillé à même les dalles recouvrant les ossements d'anciens évêques dont personne ne se souvenait plus. Dans la pénombre éclairée par la flamme tremblante des cierges, seules de hautes statues sévères le fixaient de leurs yeux morts. Yann, déconfit, se dit que la jeune femme devait être la servante du curé – la *perpetua*, en italien – et qu'elle était peut-être dans la sacristie. Il n'allait tout de même pas la suivre jusque-là.

Il contourna le saint des saints et entra dans la sacristie.

Comme si elle l'attendait, la jeune fille se retourna et le dévisagea. Sans sourire. Les longs cils et les sourcils touffus donnaient un air féroce à son visage sans apprêt. Au bout d'un long moment, qu'ils passèrent à se dévisager, immobiles, elle se secoua, soupira, alla vers lui, effleura sa lèvre de ses doigts, puis lui dit tout bas, en napolitain, Je m'appelle Maria. Vous avez besoin de moi, non ? Yann chancela. Il s'appuya au dossier d'une chaise qui tomba avec fracas. L'écho se répercuta sous le haut plafond et jusque sous la nef centrale de l'église. La jeune fille n'avait pas bougé. Yann s'arc-bouta sur une table couverte d'un drap brodé et ferma les yeux. La tête lui tournait plus qu'avant. Il rouvrit les yeux, regarda l'empreinte sanglante de ses mains sur l'étoffe blanche, prit son élan et s'enfuit sans se retourner.

38

Un jour, Maria plonge la main dans la boîte aux lettres et la retire rouge de sang. Ses jambes tremblent. Dos au mur, la nausée l'envahit. Elle lutte pour ne pas défaillir. Elle ne peut s'empêcher de renifler la substance qui dégouline sur ses doigts. C'est une odeur singulière que celle du sang, métallique et organique à la fois. Ce n'est pas du sang. C'est du coulis de tomates. Maria éclate d'un rire nerveux en même temps que les larmes coulent sur son visage. Revenue dans la maison, elle rougit les murs, les draps du lit comme si elle avait un pinceau au bout du bras. Alexandre n'arrive à la calmer que longtemps après. Il maudit les filles et se promet de s'amender.

Mais on dirait que leur boîte aux lettres est piégée. C'est la porte d'entrée que les petites amies déçues, déchues, d'Alexandre, peuvent franchir sans encombre, anonymement. Elles ne s'en privent pas. Ainsi, un autre jour, Maria trouve une culotte bleue dans une enveloppe à son nom, décorée de cœurs. La culotte n'est pas propre et dans les plis il y a un billet écrit à la main d'une graphie recherchée. C'est une liste de mots orduriers. Elle brûle le tout dans l'évier, touille avec une cuillère en bois pour que les cendres s'écoulent dans la bonde, ne dit rien à personne.

Puis, une nuit où Alexandre n'est pas là – une réunion tardive ? Un dîner auquel elle n'a pas été conviée ? –, Maria est réveillée par un coup de fil. Lorsqu'elle répond, une voix rocailleuse, comme d'une femme qui a trop fumé, lui demande si elle peut laisser un message. Maria attrape une feuille et un crayon qui traînent sur la table de nuit tandis que de l'autre main elle comprime sa poitrine. La voix dicte, lentement, en épelant presque, Dites-à-Alexandre-que-c'est-un-GROS-PORC. Maria sursaute, inspire profondément puis murmure tout bas, C'est de la part de qui ? Un rire qui ne peut venir que d'une folle, d'une malade enfermée dans une prison ou un hôpital psychiatrique, fait écho à ses mots et la voix, dans les éclats de rire, précise, en faisant traîner les voyelles, Vooouuus-luuuiii-diiireeez-que-c'est-Maaariiiaaa-quuuiii-aaa-aaappeeeléééé ! La femme à l'autre bout du fil glousse et s'esclaffe bruyamment, son rire serait parfait pour un film d'horreur, pense Maria en raccrochant et en arrachant, d'un même mouvement, la prise du téléphone.

Roulée en boule dans le lit elle ne ferme pas l'œil de la nuit, ne sanglote pas, ne pleure pas, se dit pour la énième fois qu'elle va quitter Alexandre. À l'aube, des rêves traversent son demi-sommeil agité. Alexandre exige qu'elle le regarde faire l'amour à une autre femme, une ombre noire qui rit du rire dément de la voix dans la nuit, et soudain Maria reconnaît la femme : c'est elle-même. Elle se réveille pour retomber aussitôt dans un autre rêve tourmenté. Lorsque le matin vient, ses yeux sont rouges, enflés, son haleine empeste, sa peau est moite et sent mauvais. Alexandre n'est pas rentré de la nuit. Maria ne mange pas, ne parle à personne. Lorsqu'il revient, Alexandre s'excuse, raconte une soûlerie qui a mal tourné avec des amis, il s'est simplement endormi, pas de quoi en faire un drame, explique-t-il, énervé. Maria s'enferme à clé dans la salle de bains. Alexandre sort en claquant la porte et ne rentre à la maison que vingt-quatre heures plus tard.

39

Yann gît par quelques centimètres de fond dans le canot dégonflé, la tête cachée dans les bras, les jambes blanches et ridées d'être restées à demi immergées.

Le premier marin qui voit flotter la silhouette rougeâtre juste sur la ligne de démarcation entre ciel et mer en conclut qu'il s'agit d'un Zodiac à la dérive. Au large, ces embarcations fantômes, rafiots et barcasses sans fond, sont légion. Il ne la signale même pas à son supérieur. Et lorsque le gros navire qui fait la navette entre Venise et les côtes yougoslaves dévie de sa route pour aller à la rencontre de l'esquif, il en est interloqué. C'est la première fois que cela arrive depuis qu'il navigue avec cette compagnie, le ferry-boat a des horaires stricts et le capitaine s'y tient rigoureusement. Alors il ajuste sa jumelle, et comprend. Il y a quelqu'un à l'intérieur du canot. Il reste à l'observer, mais attend en vain un mouvement. Rien ne bouge. Le cargo s'approche du Zodiac. L'eau calme frémit à peine, oscillations dues aux vagues, aux remous du courant. Comme quand, au bout de l'hameçon, le poisson qui a mordu n'essaie pas encore de s'enfuir et le bouchon ne s'immerge ni ne signale la prise à ramener.

Encore un pauvre diable que la mer a attrapé, se dit le marin. Il doit être tombé de son bateau, un coup de barre et terminé. Ou, va savoir, un suicidé peut-être. Il y a tant de façons de mourir en mer, les unes plus stupides que les autres. Il se souvient d'un fait divers sinistre : des jeunes gens avaient loué un voilier pour fêter la fin de leurs études par une croisière. Ils s'étaient arrêtés en pleine mer et après quelques verres s'étaient jetés à l'eau pour se rafraîchir. Seulement, aucun d'entre eux n'avait pensé à descendre l'échelle, avant. Quand les secours étaient arrivés, alertés par les parents inquiets de ne pas avoir de nouvelles depuis plusieurs jours, ils avaient trouvé le voilier vide. Sur ses flancs, des griffures, et dans ces griffures, des bouts d'ongles. Les jeunes gens avaient essayé de remonter à bord, mais aucun n'avait réussi. On avait retrouvé certains des corps les jours suivants. Pas tous.

Le marin frissonne, se secoue. Ce naufragé-ci doit avoir aussi beaucoup lutté et beaucoup souffert. Maintenant, il ne reste de lui qu'un sac de vêtements trempés, des membres en vrac brûlés par le soleil et l'eau de mer. Il doit avoir eu soif avant de mourir, et avoir crié, hurlé, pleuré, appelé sa mère, et même prié, comme ils le font tous dans les derniers instants, y compris ceux qui ne croient en rien. Qu'en sait-il, après tout ? Peut-être qu'il y a des hommes qui maudissent Dieu, d'autres qui essaient de passer des marchés… ceux qui font des promesses, les méchants qui se repentent et les gentils… quoi… les gentils remettent-ils leur âme au Tout-Puissant, en confiance ? Est-on surpris de voir la mort arriver, ou soulagé après tant de souffrances ?

A-t-on encore toute sa tête ou est-on miséricordieusement sonné ?

On l'appelle pour donner un coup de main. À l'aide d'une gaffe, le Zodiac est traîné assez près de la poupe pour qu'on puisse remonter l'homme dans une sorte de sac en toile de jute qui sert normalement à ranger le pain. L'équipage se rassemble autour du corps. En silence. Il y a des marins aux yeux brillants de larmes, d'autres qui fixent les vagues pour ne pas voir. C'est leur propre mort qu'ils contemplent, celle qui vous prend en traître lorsque votre métier vous met au contact des mers même les plus domestiquées comme l'Adriatique, un bouillon, une baignoire pour poupées.

40

sel peau brûlée yeux rouges rongés bouche en feu le sel le sel soleil soif continuer ne pas s'arrêter fermer les yeux fermer la bouche battre des bras battre des pieds ouvrir les yeux bleu ciel bleu pas un nuage assez – non – nager bouger les pieds les jambes les bras s'accrocher ne pas couler respirer respirer

combien d'heures déjà, ne pas compter, ne pas regarder la montre, ne pas savoir combien de temps depuis et combien de temps je vais durer, ne pas penser au rien au vide sous moi ne pas mourir comme ça, quel con, moi qui pensais, justement, et puis non, je ne veux pas mourir, six heures déjà, six heures depuis,

le soleil heureusement sinon mort déjà, mais le soleil, malheureusement le soleil, soif, et cette espèce de bassine, miracle !, venue à ma rencontre, alors dites, vous ne voulez pas que je meure ou juste pas tout de suite, vous voulez que je souffre, c'est ça, connard de chamane qu'est-ce qu'il avait dit déjà ?

soif, trou dans la gorge le nez la poitrine même mes pieds ont soif on dirait ne pas penser penser à Maria, pas une bonne idée, penser à maman, maman va mourir si je meurs là, mais non, personne ne meurt pour personne, même elle n'en mourra pas, Alexandre sera là pour deux, elle aura des petits-enfants, la maison pleine, occupée, des petits de Maria et d'Alexandre, étrange qu'ils n'en aient pas encore fait, des petits, ils attendent quoi ?

maman va être heureuse de ça, malheureuse pour moi mais rattrapée par la vie, et moi je vais mourir comme un con, non mais quel con, pas ma faute, allez, mais quand même, si j'avais fait attention, mais non, monsieur veut mourir, mourir d'amour, eh bé t'auras eu ce que tu voulais, à force d'âneries, à force de malheur, mais est-ce que tu as seulement essayé, est-ce que tu lui as avoué, les yeux dans les yeux ? eh non, par lettre, bien sûr, les mains propres, on laisse un petit mot et voilà, des paroles au lieu d'un regard, d'une caresse, des mots pour parler à ta place, t'avais trop peur aussi, de quoi ? qu'elle te dise non, qu'elle te dise oui ?

t'es lâche, mon vieux, et tu vas crever, elle te plaisait la flotte, hein, t'en crevais de plonger, de regarder les étoiles flottant sur le dos, tes rêves de grand solitaire, le bel héros esseulé, poor lonesome cow-boy, personne ne me comprend, eh bien voilà, personne ne sait où tu es, personne ne va même savoir que t'es mort, mais gros idiot, gros idiot ! stupide, débile profond, je me battrais d'être aussi con, parce que c'est ça qui va t'arriver, mon pote, qui veux-tu qui passe par là, Venise à gauche, les côtes yougoslaves à droite, ou vice versa, un truc de rien du tout, l'Adriatique, hein, un bidet pour vieilles filles démodées, c'est ça que tu te disais, et voilà, tu vas te noyer dans un seau en plastique, quel râteau, pas de pot, non ?

mon Dieu auquel je ne comprends rien, s'il te plaît s'il te plaît, donne-moi une seconde chance, la dernière fois à l'église quand je me suis enfui, une autre Maria, tu l'as fait exprès ou quoi ? Une seule c'est assez, oui je suis le plus con de tes enfants c'est vrai mais je le jure, je promets, j'irai la voir, je mettrai toutes les chances de mon côté, ce n'est pas trop tard, et peut-être même que plus tôt c'était trop tôt, elle doit en avoir marre de l'autre, là, l'obsédé, elle doit avoir compris maintenant, voilà, sauve-moi et je le jure, je te le jure, j'essaierai.

41

À mesure que Maria met à jour les infidélités d'Alexandre, sa souffrance semble diminuer. Son tourment devient moins aigu parce que moins vague, plus précis. Une pointe dans la poitrine avec laquelle on peut cohabiter à condition de bouger avec circonspection, une habitude avec ses pics et ses lassitudes. Alexandre, de son côté, dissimule comme il peut, lui économisant des amertumes inutiles sans arriver à l'épargner tout à fait, car ses amies ne sont pas toujours discrètes. Elles lui en veulent de les prendre autant que de les laisser.

Maria a commencé à intercepter ses lettres. Elle les ouvre au-dessus de la bouilloire, les parcourt, les referme après. Elle préfère savoir. Calcule. Attend.

Sa mère l'appelle au chevet de son père malade. Maria s'y rend, sachant qu'entre-temps Alexandre a prévu de recevoir la visite de la favorite du moment. De retour chez eux, elle convoque son mari dans la cuisine et l'informe de la disparition de sa lingerie. Tous ses dessous ont été dérobés. Le tiroir entier a été vidé. Alexandre est ennuyé. Il avoue la visite d'une fille, juste une copine, dit-il, rien d'important. Maria déteste le mot copine. Avec les copains, lui dit-elle, on partage le pain. Avec les copines… Sa propre vulgarité l'irrite.

Rien d'important ? Se rend-il compte de ce que ça veut dire ou est-il simplement d'une lâcheté sans bornes, et bête par-dessus le marché ? Mais, objecte-t-il – un coup au hasard, pour sonder et se défendre tant bien que mal –, si cette femme n'avait rien eu à lui reprocher, elle n'aurait pas fait ça, non ? Maria réplique froidement, Si tu la baises, elle a envie que je le sache. Si tu ne la baises plus, elle est folle de rage et se venge. Maria exige qu'il appelle cette fille au téléphone. Tout de suite. La maîtresse nie, se fâche, lui raccroche au nez.

Mais qu'est-ce qu'elles ont dans la tête, se dit Alexandre pour la millionième fois. Que croyait-elle donc, celle-ci ? Que la scène entraînerait une rupture entre Maria et lui ? Ne sait-elle donc pas, cette cruche, que le mariage sert à fabriquer des chaînes plus solides que les simples serments amoureux, à partir de comptes en banque joints, de factures, de loyers et de crédits communs ? Ce sont des contrats et des rituels qui aident à vivre, car l'existence n'est pas faite que d'instants glorieux. On a le nez qui coule, des coliques, des découragements.

Ennuyeux, le mariage, mais résistant.

Maria exulte. Le sac de lingerie qu'elle a déposé en bas dans la rue va être embarqué par le camion poubelle au petit matin. En voici une dont elle s'est débarrassée assez facilement. Depuis qu'elle a pris la décision de lutter, de ne pas lâcher un centimètre qui ne soit terre brûlée, il lui semble qu'elle respire mieux. Et Alexandre, coupable, malheureux, lui achètera vingt, cinquante culottes. Avec des fermoirs en or et en diamant, si c'est ce qu'elle veut.

42

Le trente-sixième stratagème du *Traité secret de stratégie chinoise* dit : « Ruse des mauvais jours, ruse des ruses : fuite, pas faute. »

Pour Henri-Pierre Roché, auteur du charmant *Jules et Jim* porté à l'écran par Truffaut en 1962, ce stratagème du manuel de guerre aura été aussi indispensable que pratique. Fuir devant l'ennemi était sa rouerie de dernier recours, sa seule façon de se sortir d'affaire lorsque les choses devenaient trop sérieuses, lorsque ses femmes le serraient d'un peu trop près. Lorsqu'elles le collaient au mur pour lui poser un ultimatum musclé.

Ce que je trouve intéressant dans les hommes à femmes, c'est leur manière de procéder, qui dit clairement sur quel bord ils se tiennent : d'un côté, ceux pour qui les femmes sont toutes pareilles et cependant toutes neuves – les libertins –, de l'autre, ceux qui cherchent l'idéal – les romantiques – et passent de l'une à l'autre sans rien trouver puisque l'idéal, par définition, n'existe pas.

Henri-Pierre était un libertin passé maître dans l'art de l'évitement, louvoyant entre ses conquêtes avec légèreté et se retirant, une fois acculé, dans l'antre de sa mère. Après tout, il s'agissait de femelles en colère, et Dieu sait que, dans ce cas, la dérobade est la plus sage des décisions. Il n'avait qu'à se terrer auprès du monstre principal – qui le protégeait des monstres secondaires – et laisser filer.

Collectionneur d'art, collectionneur de jupons, collectionneur de passions autant que d'historiettes sans lendemain, amoureux de grandes amoureuses et séducteur de cousettes, Roché dansait sur les décombres des cœurs qu'il brisait avec une grâce d'ange perverti. Si son appétit sexuel était à la hauteur de ses envies en matière d'art – son alter ego, Marcel Duchamp, en partageait les échappées belles dans les deux domaines –, sa curiosité sentimentale le poussait à des manèges extravagants. Décidé à se libérer de toute morale, il s'en était fabriqué une pour lui tout seul : ne jamais dire non à la vie, quelles qu'en soient les conséquences. Sa seule limite était physique : grand, dégingandé, ce prédateur de fuite pouvait tomber malade et demeurer alité des semaines entières. Les grippes et les angines le terrassaient, l'amaigrissaient, le purifiaient. Le tout était alors de sortir de la couche de la maîtresse du moment pour rallier l'appartement de maman, boulevard Saint-Michel, où il se laissait tomber sur son lit d'enfant pour y subir soupes et lavements, soumission immémoriale. Il en ressortait ragaillardi, prêt à repartir vers de nouvelles aventures, plus alerte que jamais.

Cet homme pour lequel le travail d'écriture est resté une ambition velléitaire tout au long de la vie – il avait certes écrit dans sa jeunesse quelques livrets sur l'art, mais comme du bout des doigts – nous a entre autres laissé cent cinquante pages du concentré de sa plus belle histoire, celle avec Helen Hessel – qui voulait être à la fois « boxeur et princesse », selon sa formule –, dont le mari, Franz, était son meilleur ami.

Jules et Jim n'est pas un chef-d'œuvre, c'est une œuvre à part, une poignée de mots inclassable, le jus d'une débauche joyeuse et tragique, le résumé de l'amour par un vieil adolescent innocent et corrompu.

Il l'a publié à soixante-quatorze ans, bien après la mort de sa mère. Il était libéré.

« On n'est jamais victime que de soi-même : les grands drames d'amour sont mal racontés – même les femmes de Barbe-Bleue et de Landru. »

Alexandre et Yann n'étaient ni Landru ni Barbe-Bleue. Le premier, comme Roché, se faisait d'avance une fête des soupirs de ses nouvelles conquêtes, de leurs pudeurs, de leurs odeurs et de leurs visages dans le plaisir. Il en changeait dès que tout ceci lui devenait familier car l'habitude le rendait tendre, et sa tendresse excluait ce qui lui plaisait par-dessus tout, l'obscénité de posséder un corps inconnu. Certes, il avait fait de Maria son épouse, mais ne pouvait renier ce qu'il était, un homme que baiser amusait – plus que ça ne l'émouvait.

Le second était victime d'une obsession. Maria réunissait en elle tout ce qu'il ne pouvait atteindre. Suprême injustice, c'était son aîné qui en jouissait, alors même qu'il se sentait plus puissant que lui. Les autres femmes, pour Yann, n'étaient que les ersatz de ce qu'il ne pouvait posséder, ce qu'il leur faisait, d'une manière ou d'une autre, payer.

Et Maria dans tout ça ?

43

J'ai changé. La petite Maria a sorti les griffes, il était temps. Depuis l'épisode des culottes disparues, Alexandre est contrarié. C'est ce que je voulais. Ne plus pleurer sur moi, ni pour lui. Ne plus jamais supporter ni accepter. Ne plus me laisser faire. Jamais.

J'aime être ici. Tout est beau à Melrose, ce lambeau de Provence au milieu de la Méditerranée. Vignobles ordonnés, cyprès, chênes tordus, pins immenses, minuscules abricotiers aux fruits sucrés. Les eucalyptus se dépouillent de leur peau rose, ils embaument les sentiers de terre battue couverts d'aiguilles grillées. Je marche pieds nus sur les pierres calcinées, les racines à découvert, les miettes d'écorce, les pétales de fleurs de laurier. Toute la journée les cigales. Criquets et grillons dans le crépuscule rosé. La brise balaie les chemins bordés d'immortelles, effleure les vagues, les voiliers. Je peux rester des heures à fixer l'écume transparente sur la jetée. Les mouettes crient le matin tôt, la nuit aussi. Je croise le regard des enfants de l'île, serrés dans les rangs de leurs bandes d'été. Le soir venu, sur des caisses de bois, des petites filles fourguent des bracelets en perles bleues que le premier mouvement brusque va briser, belles gamines aux lourds colliers, aux cheveux d'or filé, aux longues jambes de garçonnet, aux seins pointus sous des étoffes colorées. Ce sera bientôt à leur tour de jouer.

Tout est beau sur l'île Melrose. Les plages de sable blanc les bois les rochers. La mer les bateaux le port. Les enfants les chiens les vieux. Surtout les vieux, les vieux beaux, descendant de leur voilier, de leur annexe, de leur vélo. Habillés à Rome à New York à Paris, bermuda le jour, pantalon blanc à l'heure de l'apéro. Chaussures bateau patinées. À leur bras, la troisième femme, ressemblant à s'y méprendre à celle d'il y a trente ans, la première. Échangée contre un modèle plus récent. Cette fidélité en plastique ! Ils doivent l'appeler du même petit nom, Mon ange, ma puce. Honey, sweetie. My love. Chouchou. Comme ça, ils ne risquent pas de se tromper. Achètent le même parfum, le même savon de luxe pour leur épouse et pour leur maîtresse. Ainsi, pas de problèmes d'odeurs inconnues quand ils vont de l'une à l'autre. Je sais. Alexandre l'a fait.

Rêve de la nuit dernière. J'étais dans ma baignoire, la mousse débordait. Je fermais les yeux, je me laissais couler, et les rouvrant dans l'eau, je voyais mon corps recouvert de ma robe de mariée. Le voile emprisonnait ma tête, mes mains, je ne pouvais plus remonter à la surface, j'essayais de me libérer, je me noyais. Je me suis réveillée en sursaut.

Alexandre est reparti à Paris, il reprendra ses cours la semaine prochaine. La maison est louée jusqu'à la fin du mois. Les plages sont quasi désertes à cette époque de l'année. Je vais être seule, je veux être seule. Seule, quel mot merveilleux ! Dans le jardin, dans les criques, à l'abri des regards, SEULE ! Et nue, si je veux.

Nager longtemps. Plonger. Avoir un peu froid le soir, ne pas bouger. Étirer, jusqu'à leur point de rupture, mes bras, mes jambes au réveil le matin. Sans personne à côté.

Les choses changent. Je ne sais pas encore ce qui s'est passé. Les choses changent. J'ai changé.

44

Ils sont dans le lit, l'un à côté de l'autre, près de se toucher, mais ne se touchent pas. Ils ne disent rien, et même si le pied de Maria effleure presque celui de Yann, même s'il peut en sentir la tiédeur, même si le drap frémit lorsqu'elle respire, ils ne bougent pas. Rien ne bouge d'ailleurs dans la chambre, à peine le voile devant la fenêtre dans la nuit noire, à peine les cheveux sur la bouche de Maria, son front et son menton. Leur cœur, affolé par l'attente et la peur, bat dans leurs veines, au coin des tempes et au creux du cou, bleuit d'une percée la hanche de Yann et soulève les seins de Maria. Ils sont là, l'un près de l'autre, près de se toucher, mais ne se touchent pas. Le pied de Yann frôle celui de Maria, se rétracte tout de suite après. Yann frissonne, se tait.

Depuis toujours, Maria a l'impression que son corps reste inapaisé lorsque le corps de l'autre est satisfait. Le vide qu'elle ressent, au lieu d'être comblé, est plus béant encore. Les endroits par lesquels le plaisir survient sont multiples, elle les voit comme des ponts, des passerelles, des fenêtres à ouvrir, langue, lèvres, palais, oreilles, nez, seins, et ce magma inexploré en bas de son ventre. Tous ces passages, personne ne lui en a donné l'accès, et elle-même, tout en cherchant, ne s'est jamais autorisée à aller trop loin.

Yann, lui, connaît les ténèbres qui suivent la volupté, de même qu'il connaît les chemins pour y accéder. Ce à quoi il aspire, c'est ce que Maria seule peut lui dispenser, parce qu'il lui en a donné une fois pour toutes le pouvoir : la douceur, la sécurité, la paix.

Ce matin même elle l'a vu débarquer sur son île de Melrose, décharné à faire peur, les cheveux ras, les pommettes pointues donnant l'impression que les os pouvaient à tout moment transpercer la peau, et si intense, si beau que quelque chose en elle a fondu, comme si elle reconnaissait soudain qu'il lui avait manqué. Depuis, elle se sent perdue. Ne dit rien d'important. Yann non plus. La mort échappée, il ne la lui a pas racontée. Ils ont le temps.

Tout à l'heure, en rentrant de la plage, ils ont longtemps cherché les clés de la maison à la lumière d'un briquet. Ils riaient, nerveux, plaisantaient, excités, se faisant des blagues éculées, mais les clés n'étaient ni dans le sac de Maria ni dans les poches du jean de Yann. Il a fallu revenir en arrière, éclairer le sentier jusqu'aux vélos, étaient-elles tombées lorsqu'ils avaient perdu les serviettes et les vêtements de rechange au dernier virage ?, ils avaient bu, peut-être pas tant que ça d'ailleurs, c'était l'air, la proximité de la mer, la course à bicyclette dans le soir parfumé qui les avaient enivrés, c'était tous les mots que Yann n'avait pas encore dits, barrant d'un index les lèvres de Maria et mettant un terme provisoire à ses questions. Yann avait fini par escalader le mur et entrer par une fenêtre, ensuite il avait ouvert à Maria.

Cette paralysie fugitive. Cette sensation que quelque chose va se jouer et que votre existence en sera changée. L'effroi vous rend plus vivant que jamais, vous avez envie de rire et de pleurer, de trouver le premier lit venu pour vous y jeter, tirer les draps sur votre tête, dormir et ne plus penser. Vous avez envie de dévorer un plat de pâtes, d'être ailleurs, d'être un vieux monsieur qui regarde le fleuve du haut d'un pont. Mais vous avez aussi envie de ça, de ce qui est en train de se passer précisément, une envie folle et destructrice, et vous vous dites que c'est ça, mourir, cette joie sans pardon, cette terreur absolue, cette vie sans filtre, cette musique qui vous emporte d'un seul coup, et vous savez que vous attendiez cet instant depuis longtemps, que peu de choses dans votre vie seront aussi belles, aussi sanglantes, aussi violentes et définitives. Vous pourriez mourir pour ça, mais vous êtes prêt à en payer le prix.

Maria et Yann n'osent même plus respirer. Le pied de l'un se fige près du pied de l'autre ; brun et dodu, le talon râpeux, les ongles ébréchés d'avoir tant marché dans la pinède celui de Maria, mince et long et blanc celui de Yann. Tous les deux, même s'ils sont jeunes, ont fait l'amour plus d'un millier de fois. Ils savent que ce n'est rien, ou pas grand-chose. D'ailleurs, si on le leur demandait, peut-être se souviendraient-ils de quelques gestes, d'un regard ou d'une sensation, pas plus. Ils restent comme ça, immobiles, encore et encore, la peau frottée de sel après le bain du soir, le soleil qui grille les yeux, l'intérieur de la bouche, le sexe. Cette morsure, Yann en revient à peine mais ne la refuse pas, cette douleur sourde c'est encore elle, Maria, il le sait mais ne peut rien dire, qu'elle se tourne vers lui, il serait temps.

Dans le lit d'où le drap blanc est tombé, ils sont nus, les habits ont été ôtés dans le noir, une dernière pudeur. Ils peuvent sentir l'odeur de leurs corps, la sueur, l'envie et la frayeur. Sur le matelas crissent quelques fils d'algues rapportés dans les plis de leurs vêtements, des aiguilles de pin, du sable. Il ne manque qu'une étoile de mer, un morceau de bois flotté, un coquillage pour que ça ressemble à une plage. Maria ne sait pas ce qu'elle veut, se bat contre lui et contre elle-même, Yann fait durer cet instant le plus possible, le prolongeant au-delà de toute attente, puis tout d'un coup il est trop tard, et cette fracture hantera Maria plus souvent qu'elle ne le croit. D'un geste brusque Yann avance sa main vers son flanc et la touche pendant qu'elle ferme les yeux.

45

Yann revenait de loin, et son retour, après cinq ans d'errance, changea la donne. Alexandre l'aimait plus que jamais, lui semblait-il, douloureusement enserré dans ce que Maria avait si bien su cultiver chez lui, son sentiment de culpabilité. Yann avait failli mourir, mais de cela il n'avait pas raconté grand-chose. Aux questions de son frère il avait répondu, sarcastique, par une liste de toutes les manières de trépasser, Alexandre savait-il par exemple que si 100 % des gens meurent – kilomètre zéro absolu de la statistique –, une personne sur 325 est frappée mortellement par une balle, sixième cause de décès dans le monde, que juste après le diabète il y a l'accident de tondeuse à gazon – une sur 5300 –, qu'une personne sur 9380 choisit de se suicider, qu'en marchant dans la rue on a une chance sur 52000 d'être renversé, que les avalanches suppriment presque autant d'humains que les noyades, et qu'à ce propos la baignoire est quasiment aussi meurtrière que le bateau ? Alexandre, impressionné, lui demanda de quoi on mourait le moins, et lorsque Yann lui répliqua en sifflotant, un brin d'herbe aux lèvres, que nos pires peurs sont bien évidemment celles sur lesquelles on spécule le plus – fin du monde et attaque de requin – mais qu'une noix de coco sur la tête est bien plus dangereuse que ça, il lui mit un bras sur l'épaule. Perfide, il voulut encore savoir le nombre de décès par noix de coco, ce à quoi Yann répondit sans hésiter, Un sur 250 000 000. Alexandre se tut mais, dès qu'il le put, il vérifia. À peu de chose près et selon les méthodes de calculs utilisées, tous ces chiffres étaient exacts.

Leurs promenades, au cours desquelles histoire et politique se mêlaient pendant des heures, avaient repris. Au début de cet automne 1973, l'Égypte et la Syrie avaient attaqué dans le Sinaï et le Golan, rapidement repoussées par l'armée israélienne que soutenaient les États-Unis, à la suite de quoi les pays arabes avaient décrété un embargo sur le pétrole destiné aux pays occidentaux. Avec un luxe de détails, Yann parla du prix du carburant qui avait dépassé la zone rouge, de la récession que cela ne manquerait pas d'entraîner, de ce que cela voulait dire pour l'équilibre, tout au moins délicat, entre les pays du Nord et ceux du Sud, conséquence directe de ce qu'il voyait comme le nœud gordien du monde, la place attribuée à Israël dans le partage de l'après-guerre. Ce plan d'austérité qui venait d'être proclamé en Europe était à ses yeux une façon d'expliquer au peuple, cet enfant qui jamais ne grandira, qu'il faut se serrer la ceinture et faire du vélo pendant que les adultes s'occupent des choses sérieuses. Les rapports entre Fayçal, roi d'Arabie Saoudite, Nixon et Golda Meir, Premier ministre d'Israël, tenaient Alexandre et Yann en haleine de Vincennes à la Bastille et retour, mais ce dont l'aîné restait émerveillé, sidéré même, c'était de la rapidité avec laquelle son cadet pouvait passer de la guerre du Kippour aux derniers événements en Argentine et au Chili, la première au bord de l'abîme, le second qui venait de franchir le cap de la dictature. Il arrivait à Yann de regretter que ses pérégrinations l'aient entraîné vers l'Est – et il s'était frappé la poitrine de ne pas avoir fait quelque chose quand il était encore possible de s'engager aux côtés du Che mais il avait stigmatisé en même temps ceux qui y étaient allés, se moquant d'une certaine manière de ces Français qui aiment jouer avec les révolutions des autres, tellement plus exotiques. Alexandre se souvint que la révolte de Yann ne s'était jamais faite dans la fureur et la colère d'une idée commune et ressemblante, mais bien dans l'insoumission et la dérision. Pour sa part, il avait été vaguement intéressé l'année d'avant par l'enthousiasme que Philippe Sollers avait mis à soutenir le livre d'une communiste italienne, Annamaria Maciocchi, sur la Chine. Il l'avait acheté mais n'avait jamais réussi à le terminer, les extases à propos du Grand Timonier l'ayant très vite déconcerté, puis embarrassé, enfin excédé.

Au fond, Alexandre s'en foutait. Comme du reste, d'ailleurs, bien que le fascisme du ministre de l'Intérieur Raymond Marcellin l'ait écœuré ces dernières années, chaque jour apportant son lot d'injustices flagrantes, de matraquages de journalistes et d'arrestations arbitraires.

L'« immonde Raymonde », comme l'appelait Maria, avait traqué avec un zèle digne d'autres causes la « subversion », partant du principe que « tous ces hommes n'ont pas été pris le poignard à la main, mais tous sont connus pour être capables de l'aiguiser et de s'en servir à la rigueur », ce qui revenait à dire, Coupons tous les arbres car ils pourraient tomber en travers de la route, tuons tous les chiens car ils ont des crocs et tous les chats parce qu'ils ont des griffes, abattons toutes les femmes parce qu'elles peuvent être belles donc dangereuses, tous les êtres humains enfin car ils sont susceptibles de penser, et pas dans la direction souhaitée.

D'entendre Yann lui revenir avec ses interrogations, ses railleries, sa vivacité d'esprit, ses allers-retours géopolitiques foudroyants, comme si le globe entier lui était intelligible à la seconde près, Alexandre avait l'impression d'être un vieux con, un coq ergotant enfermé dans son enclos avec ses poules, son maïs à heure fixe et ses confortables barrières pour tenir à distance le renard.

À ce propos, d'ailleurs, il y avait quelque chose qui le taraudait et dont, malgré leur complicité renaissante, il n'osait pas parler à son frère : que s'était-il passé entre Maria et lui à Melrose ?

Il en voulait à leur mère, qui avait eu le tort de dire à Yann où Maria se trouvait sans se soucier de lui en faire part. L'avait-elle fait exprès ? Jamais pourtant elle ne s'était mêlée de sa vie sentimentale. Cependant, elle avait donné ce renseignement à Yann. Sa propre mère, bon sang ! Enfin, leur propre mère… Mais quoi ? Trouvait-elle qu'il ne s'occupait pas correctement de sa femme ? Était-elle au courant de quelque chose qu'il ignorait ? Toutes ces questions tournaient dans la tête d'Alexandre. Certes, il aimait profondément son frère, mais l'aimait-il mieux au loin, hors d'atteinte, et surtout hors de sa sphère intime ? Non, Alexandre était heureux qu'il soit revenu, heureux de pouvoir l'aider à se réinstaller à Paris, heureux aussi de lui présenter des amis et des amies – dont Manon. Un risque à prendre ? N'était-ce pas lui-même qui l'offrait à son frère, parce qu'il n'avait pas eu Maria et ne l'aurait jamais ? La lui aurait-il donnée en compensation, et pour ne perdre ni l'une ni l'autre, d'une certaine manière ?

Yann et Manon. Deux danseurs de tango qui, au premier coup d'œil, s'étaient reconnus.

46

Ce n'est pas avec son salaire de professeur qu'Alexandre aurait pu se payer la jolie demeure à l'orée du bois de Vincennes qu'il habite avec Maria : sa part d'héritage, que la mère des deux garçons avait fait fructifier depuis la mort de leur père, a été bien utilisée. Quant à Maria, elle a encaissé un confortable chèque des assurances après son accident.

Maria aime cette petite maison. Elle en a fait une serre remplie de jasmin odorant l'hiver, de citronniers des quatre saisons toujours en fleur, de gardénias, de fougères en pot, de verveines, d'hibiscus blancs et de roses parfumées. Une glycine s'enroule autour des fers forgés de l'extérieur, grimpe aux fenêtres du premier étage et aux grilles. Le soir il y a toujours des amis, certains qui datent des années de fac et que Yann connaît, d'autres qui sont arrivés les derniers temps. Maria va d'un invité à l'autre en sandales indiennes, vêtue de tuniques colorées dans lesquelles elle a l'air d'une madone hippie. Souvent, après le dîner, elle chante en s'accompagnant de sa guitare, plus celle de ses débuts, que personne d'autre que Yann ne regrette.

Maria chante toujours aussi juste, les cheveux plus blonds que jamais, décolorés par son été à la mer, retombant sur son instrument. Les yeux mi-clos, les pieds qui marquent le tempo, des lunettes en demi-lune sur le nez, elle fredonne ses rengaines babas, ses chansons folks, et même lorsque plus personne ne l'écoute, quand les derniers amis dodelinent de la tête avec un verre vide à la main qu'ils laissent tomber sur les tapis à leurs pieds avant de se lever pour partir, étonnés comme d'habitude qu'il soit si tard, éblouis par la proximité de la matinée à venir, elle continue à chanter. En transe, comme autrefois. *La* mineur, *sol*, *mi*, *la* mineur. *Famous Blue Raincoat*, Leonard Cohen. Son dernier coup de cœur, c'est *Songs of Love and Hate*.

Maria pense souvent à Bébé, n'en parle pas à Alexandre, prononce son nom avec Yann mais n'en attend pas de réponse. C'était elle qui avait insisté pour prendre la route cette nuit-là, et elle se rappelle tout, la canette qui roule au sol, la manière dont, sans réfléchir, elle se penche pour la ramasser, le ralenti pendant lequel elle voit le visage de sa sœur se tourner vers elle, yeux démesurément ouverts, et ensuite sa tête qui explose le pare brise et retombe en arrière dans un déluge de cristaux. Juste au moment où cela était arrivé, elle s'était souvenue de ces tessons de bouteille dont Bébé et elle faisaient collection et qu'elles conservaient sous leur lit, les cachant comme s'il s'agissait de véritables diamants, puis ses jambes ont été broyées sous le volant et le levier de vitesse a pénétré le haut de sa cuisse. La douleur n'a pas pris possession tout de suite de ses nerfs, là aussi les choses sont allées au ralenti. Maria conserve des images très nettes de ces quelques instants qui surgissent à l'improviste alors qu'elle est en train de faire autre chose, éplucher des pommes de terre pour le dîner, embrasser Alexandre, marcher dans la rue. Elle n'en avait jamais parlé avant de les raconter à Yann cette nuit-là à Melrose, dans le noir de la nuit et le blanc des draps. Elle lui a parlé de la mort et du futur, de renaissance, d'espoir, de vie.

Les uns après les autres, les amis partent, fermant la porte derrière eux. Parfois Alexandre est déjà couché. Parfois il gît immobile, anesthésié par le vin et l'herbe, sur un large canapé prune défoncé, encore un héritage de Perros-Guirec et de la maison d'enfance. Parfois, Yann reste seul avec Maria qui s'assoupit aussi, tout doucement. Parfois, il la regarde pendant qu'elle s'endort, puis rentre, le dernier.

Mais tout ça, c'est avant.

47

Manon mesure les hommes à l'aune de sa lucidité, de son honnêteté et de son courage. Elle est restée proche d'Alexandre parce qu'il l'amuse. Elle comprend son besoin de séduire, ou plutôt elle s'en moque. Elle a de l'indulgence pour cette nécessité abrutissante qui lui fait voir dans chaque femme une nouveauté sexuelle plus appétissante que la précédente. Par un étrange concours de circonstances, cette nonne sensuelle et ce Casanova ahuri sont devenus amis à l'époque où tout était ouvert et frais, où rien n'était défini ni définitif et où l'importance qu'ils allouaient à leur échange érotique était équitable. Lorsque Alexandre a épousé Maria, Manon a continué à le voir, par périodes. Elle a été sa confidente, son amie et son amante occasionnelle, l'a jugé pour ce qu'il est sans le condamner. Manon est orpheline, ses parents sont morts lorsqu'elle était toute petite, et la tante qui l'a élevée est en maison de retraite maintenant. Sa seule exigence, c'est d'habiter avec son chien, Gustave, au cœur de la ville qu'elle aime, Paris, où elle travaille dans un laboratoire de recherche. Elle se moque de son apparence physique – avec les années, elle ressemble de plus en plus à une fée moderne en robe de bure, chemise blanche, jean et ballerines –, vit de livres et de séances de cinéma, flâne, marche, court au Luxembourg et au Jardin des plantes, dort de temps en temps à la belle étoile dans un sac de couchage au milieu des dunes dans la forêt de Fontainebleau. C'est là d'ailleurs qu'elle a trouvé Gustave, ou plutôt c'est le chien qui l'a trouvée, puisqu'il s'est mis à marcher à son pas et ne l'a plus quittée. Sorte de braque aux yeux tristes et aux proportions fantaisistes, la tête trop grosse pour le corps et une queue en virgule noire, sans collier ni tatouage, Gus est comme tombé du ciel.

Ses années de débauche, comme elle les appelle en riant, sont derrière elle. Non qu'elle ait changé de morale : simplement, cette période a pris fin lorsqu'elle a eu l'impression que sa curiosité et les charmes de l'audace s'amenuisaient pour ne devenir qu'un caprice, une habitude un peu sale. La légèreté, pour elle, c'est ça, changer au gré de sa vie et de ses exigences.

Longs cheveux châtains tirés en arrière, ovale pâle et yeux sombres, telle est Manon lorsque, à l'automne 1973, Alexandre la présente à Yann.

48

Charis. L'éclat de la peau, la beauté lumineuse du corps, le rayonnement de l'être. La grâce. Yann surnomme Manon Charis, et ce petit nom ravit Manon, qui rit. Et puis, très vite, ce n'est même plus Charis, mais Cha, et c'est ainsi qu'Alexandre entend Yann lui parler d'elle la première fois, ainsi qu'il comprend ce qui se passe entre son petit frère et son amie.

Dans son appartement débordant de livres, Manon a poussé une table en bois blond dans un coin. Devant, un simple paravent, manière d'exprimer à Yann que, malgré l'exiguïté de l'espace qu'ils partagent, cette cellule est à lui. Yann y lit et y écrit, puisqu'il a repris ses études. La satisfaction de sentir sa pensée se développer comme un bon vin se déploie en bouche, sans hâte, avec calme et précision, et le plaisir, non, la joie, de retrouver dans ses notes une idée qui fuyait et qui s'est laissé, enfin, épingler, sont très vite revenus. Alexandre, puis Maria, lui ont demandé la raison de son choix : personne n'a compris pourquoi il s'est inscrit en droit. Yann n'a rien répondu.

Leur journée commence très tôt, quand Paris n'est pas encore levé. Yann descend avec Gustave chercher le pain, Manon prépare le café. La lumière peu à peu inonde la cuisine, les livres et les cahiers de Yann envahissent la table du petit-déjeuner.

Souvent, ils piquent des fous rires. Souvent, après l'amour, ils ont des larmes dans les yeux. Souvent, ils prient l'un pour l'autre en silence, chacun de son côté. Souriante, profonde, Manon lui a fait la charité de son regard propre et d'une paix qu'il pensait enfuie à jamais.

Quand Yann dîne chez son frère et Maria, il y va sans Manon, que cela embarrasserait, mais avec Gustave, qui amuse Maria. François-Xavier, qui vient de divorcer à cause d'un coup de cœur mal négocié, comme il dit, l'accompagne parfois. Alexandre et Maria lui posent des questions sur Manon, auxquelles il répond du bout des lèvres, car il y a chez eux une curiosité, une avidité qui le laissent sur ses gardes. Leur raconter son histoire avec Manon est délicat. François-Xavier hausse un sourcil, regarde ailleurs. Yann sait qu'il se moque, un peu.

Alexandre lui verse un autre verre, Maria croise les doigts sur son ventre qui s'arrondit. Dans deux mois, elle accouchera.

Yann bénit cet enfant à venir, cet enfant dont la présence, on ne sait par quels obscurs chemins, l'a délivré d'un poids.

49

Le matin où Alexandre m'a dit, Si tu es très gentille, ma Maria, je te fais un petit, je me suis déshabillée en moins d'une minute – je venais d'enfiler mon imperméable pour partir à la bibliothèque, car il pleuvait comme il peut pleuvoir à Paris au mois de juillet – et je l'ai pris par la main, Tout de suite, alors, tu verras, je serai tellement gentille, la plus gentille de toutes, et je l'ai été, Dieu m'en est témoin, je l'ai été longtemps, toutes ces années j'ai été gentille en fait malgré ses écarts, pourtant j'avais fait ce rêve quelque temps auparavant, et si je l'avais écouté j'aurais pris mes jambes à mon cou sans me retourner, j'étais terrorisée, je le suis encore quand j'y pense, et au lieu de ça je lui ai fait un fils, et ensuite j'en ai fait un second, et Yann, oh Yann, je ne veux pas y penser, et Manon, Manon, elle était tellement… tellement incroyable, comment l'expliquer, un jour je suis entrée dans un café qu'elle fréquentait, je savais que c'était elle, je l'ai su dès que je suis entrée, elle était toute seule, juste un verre d'eau sur sa table, elle attendait quelque chose, quelqu'un, les cheveux mouillés de pluie plaqués derrière les oreilles, une chemise qui collait aux poignets et au cou, les mains blanches qui relevaient le col sur la nuque, les yeux grands lumineux, une sorte de sourire les lèvres closes, elle ne faisait rien, ne lisait pas, ne buvait pas, ne regardait pas sa montre, ne se rongeait pas un ongle, rien, elle restait là sans bouger, et on aurait dit qu'autour d'elle il y avait une zone d'air plus transparent, plus clair, un silence presque, elle était éclairée d'une lumière violente qui laissait le fond dans l'ombre et la sculptait, et quand j'ai pu détacher mon regard de son visage je suis partie, je ne sais pourquoi je lui en voulais, je leur en voulais à tous les deux je crois, mais de quoi, j'avais Alexandre, et Yann était heureux, alors pourquoi leur en vouloir ? Je la voyais nue dans leur lit, ses cheveux répandus sur l'oreiller, Yann penché sur elle, leurs baisers profonds, chauds et doux et… ce qui est arrivé n'est pas ma faute, je n'ai rien fait de mal, Dieu m'en est témoin, c'était… écrit. Manon… il n'y avait qu'à se garer sur le bas-côté et attendre qu'elle soit passée.

50

L'automne 1974 a été doux, bleu et roux, Paris sur les ponts émaillé de rendez-vous amoureux, une fille a perdu une boucle d'oreille en forme d'angelot tout en bas de Notre-Dame sur les quais, Yann l'a trouvée, c'est devenu son talisman, il la serre dans sa poche quand il marche dans la ville, au café, pendant les cours, toujours. Ses premiers examens, au printemps, ont été un succès, c'est fou ce qu'étudier lui donne de la joie, un bonheur un peu autiste dont il tait les détails même à Manon qu'il surprend parfois en train de le fixer. Elle secoue la tête, regarde ailleurs sans rien dire, son petit sourire en coin. Elle ne le sait pas, mais ça lui donne l'air ahuri. Sa petite Méduse médusée.

Julien, le fils de Maria et d'Alexandre, est né le 15 juin de cette année-là. À la clinique il y avait un *Nouvel Obs* daté de mars. Alexandre l'avait lu et relu en attendant la naissance de son enfant. Deux pages étaient consacrées aux « Trente mille jeunes, des lycéens mais surtout des élèves des CET ou des lycées techniques, qui défilent en rangs serrés jeudi après-midi entre Nation, République et le métro Stalingrad sous un soleil entrecoupé d'averses : ce n'est pas un échec. Pas un succès non plus. À quelques jours des vacances de Pâques, il faut bien constater que la “réforme Fontanet” remue moins les foules que les “sursis Debré” du printemps dernier. Le 22 mars de l'an passé, deux cent mille lycéens étaient descendus dans la rue. Dix fois moins un an plus tard ». Oui, l'année d'avant, Alexandre s'en souvenait, ç'avait été la fête. Les mômes avaient fait une razzia sur les entonnoirs et défilé avec ces ustensiles de toutes les couleurs sur la tête. Leur porte-parole s'appelait Michel Field, il avait une gueule marrante, une coiffure afro mais rousse. Les roux avaient la pêche, décidément.

L'année d'avant, Yann allait à la rencontre de la mort.

L'année d'avant, il n'avait pas encore rencontré Manon.

Yann a apporté à la clinique des seringas, cueillis à Fontainebleau avec Manon le week-end précédent. Il regarde le nouveau-né auquel Maria donne le sein, ne ressent rien d'autre qu'un plaisir tellement fort qu'il balaie tout, il en hurlerait presque, Manon aussi bientôt, très bientôt… à la fin de l'été. Non, au début de l'automne, plutôt. Octobre, les premiers jours, c'est ça.

Maria est belle, ronde et distraite, Alexandre erre en parlant tout seul, marmonne et s'embrouille comme s'il faisait et refaisait des additions qui ne donnaient jamais le même résultat. Yann lui parle, mais il n'écoute pas. Dans sa poche, il a un nouveau journal, *Libération*, il connaît ceux qui l'ont créé, des têtes de mule bien remplies, organisées, déterminées, il n'est pas toujours d'accord avec eux ni avec la bande à Bizot, d'ailleurs, dont il lit quand même le canard, *Actuel*, depuis le début. Il sait qu'il aurait pu être avec ceux-là en première file, il sait que c'est d'eux que viendront certains changements, de ces prétentieux, de ces utopistes, de ces rêveurs sortis de *Combat*. Là, ils sont tous partis renifler de près ce qui se passe au Portugal, à Lisbonne on oublie les madones macabres pour se jeter sur les poupées d'un nouveau magazine, *Lui*, la révolution libère les mœurs avant de les juguler plus étroitement. Ça lui plaît de ne pas en être, de regarder de loin, de ne pas participer. De garder ses munitions. Il pense aux paroles d'Orwell : « La guerre n'est pas faite pour être gagnée mais pour ne jamais terminer, elle n'a pas pour but la victoire mais la préservation de l'ordre social. »

Les gens croient qu'ils savent, mais ils ne savent rien, pense-t-il. La société hiérarchique se fonde sur la pauvreté et l'ignorance. C'est contre ça qu'il lui faudra lutter, mais il sait aussi que son moment n'est pas encore venu.

51

Gustave a des yeux de chien triste, une queue de chien gai. C'est le premier de sa race, un monstre préhistorique mi-hydre mi-ange. Le vétérinaire lui donne environ quatre ans mais il paraît en avoir quatre mille, tant il possède de connaissances inexpliquées. Il sait quand Manon est soucieuse ou préoccupée, quand Yann se terre dans ses espaces intérieurs et devient sourd et aveugle au monde entier, il connaît l'heure et le jour. Les chiens n'ont que ça à faire, observer. Gus suppute, inventorie, scrute chaque menu événement dans ses replis les plus cachés, en tire des conséquences sur lesquelles son esprit de chien fonde ensuite son comportement : c'est une mécanique de fidélité à laquelle le libre arbitre n'a pas été donné. Il mourrait pour ses maîtres, puisqu'il n'a pas d'autre choix que celui-là. Dans la cabane en Ardèche où Yann a emmené Manon au début du mois de juillet – cette même cabane qui avait été le décor de son attente inutile de Maria, quelques années auparavant –, Gustave monte la garde au pied du lit. Lorsqu'ils plongent dans l'eau verte de la rivière, Gus plonge aussi et les suit pour essayer de les faire sortir avant qu'il n'arrive malheur, les prenant par la nuque et les traînant, au besoin, par un bras. Il n'en revient pas que ça les fasse rire, il en boude tout l'après-midi. Gustave ne nourrit pas le même amour que les hommes pour cet élément mouvant, mystérieux et instable sous lequel vivent des animaux à l'odeur inidentifiable et à la surface duquel glissent d'étranges créatures plus légères que l'air.

De toute façon, Gus se méfie. Quand il se promène avec Yann et Manon, il les précède et flaire tout ce qui bouge, inquiet. Quand Manon part, seule, sur les sentiers de montagne, Yann est tranquille, car Gustave peut se transformer en loup.

Manon, qui était très mince, n'a pas pris beaucoup de poids pendant sa grossesse. À trois mois de l'accouchement, on remarque à peine son ventre arrondi sous les chemises qu'elle superpose pour s'habiller. Pieds nus, elle descend le matin tôt au lac, se lave, nage un peu, puis retourne à la cabane avec Gustave, collant comme un taon, sur les talons. Yann traîne parfois sous le baldaquin voilé. Elle le chatouille, il la chasse, elle revient, l'agace, le titille, le caresse, l'embrasse. Il continue de faire semblant de dormir jusqu'au moment où il la renverse, l'immobilise et lui fait l'amour sans sommation. Manon se défend, râle, se tait. Crie. Et Gustave soupire et quitte la pièce, excédé.

52

Vous savez, Allis, ça m'arrive encore de me réveiller en sueur avec la voix de mon frère dans les oreilles, quand il nous a appelés ce jour de juillet à Paris la canicule était épouvantable, assommés de chaleur on avait très peu dormi, à l'aube un peu de fraîcheur, c'est là que le coup de fil est arrivé, j'ai compris que quelque chose n'allait pas avant même qu'il ouvre la bouche, avant de savoir que c'était lui d'ailleurs, c'était sa respiration je crois, Julien s'est mis à hurler à la première sonnerie du téléphone, Maria affolée a trébuché en allant le chercher dans son berceau, j'ai demandé à Yann de se calmer, de m'expliquer, mais il avait cette voix rauque, ces sanglots secs, terreur, douleur, et je savais, je savais que c'était fini, que quelque chose avait été cassé mais je pensais à un accident, je pensais que peut-être elle était tombée, qu'elle avait perdu le bébé, jamais je n'aurais cru qu'une telle horreur fût possible, oh oui je me souviens d'avoir fermé les yeux et d'avoir pensé, Prenez-moi quelque chose auquel je tiens mais laissez-lui une chance, il n'a rien, il n'a qu'elle, je vous en prie, mais en même temps je me rendais compte que c'était arrivé et que c'était définitif, et Maria ouvrait des yeux immenses pendant que notre bébé tétait, ses petites mains agrippées à sa poitrine blanche et bleue, je voyais tout ça comme dans un film, et quand j'ai raccroché je me suis écroulé entre les seins de Maria, tout près de mon fils, et elle nous a bercés tous les deux, et quand elle a penché son visage sur le mien j'ai senti les larmes salées entre mes lèvres, les draps, les taies d'oreiller, tout était inondé, et je ne m'étais même pas aperçu que c'était de moi que ça venait, des flots ininterrompus qui ne tarissaient plus.

53

« Le téléphone sonne mais je le laisse sonner. “Petit Cheval” a quitté l’appartement pour aller vaquer aux mystérieuses affaires que poursuivent les jeunes chevaux qui ont déjà traversé tant de tempêtes… »

Tennessee Williams pensait que le film de Jack Clayton, *Gatsby le Magnifique*, était plus beau que le roman de Fitzgerald. Tennessee Williams croyait que l’amour va et vient, qu’il est important, certes, mais pas tant que ça dans la vie d’un auteur à succès, si attentif à lui-même qu’on pourrait sans se tromper appeler cela de l’égocentrisme primaire. Tennessee Williams avait une vocation, une mission, une destinée : écrire des pièces de théâtre si bonnes que les gens en les voyant comprendraient mieux leur vie, et l’existence en général. Pour lui, cela avait tant de valeur que ça obscurcissait sa vie intime. En tout cas, ça passait avant.

Tennessee Williams a vécu quatorze ans avec un jeune Sicilien, Frankie Merlo, qu’il a trompé pour une tante de La Nouvelle-Orléans connue sous le nom de Dixie Doxy, ce qui pourrait se traduire par Four à Foutre ou Cul Chaud. Ce dramaturge merveilleux, ce type drôle, complexé, brillant, a quitté l’amour de sa vie en se disant que ce n'était pas grave, que la route était longue, qu'il n'en avait pas besoin, que l'essentiel était ailleurs, dans son travail, sa besogne quotidienne. Son œuvre.

Mais Tennessee Williams s'est trompé.

Frankie, qui n'allait pas bien, était monté de Key West à New York pour des analyses médicales. Depuis quelque temps il avait des sautes d'humeur, et n'était plus aussi disponible sexuellement que par le passé. Ten s'était alors mis en cheville, comme il dit, avec Dixie, cette tarlouse callipyge de vingt-deux ans. Lorsque Frankie avait débarqué au débotté de New York, il les avait trouvés installés dans un charmant hôtel de Key Biscayne où ils menaient une vie allègre et dissolue. Dixie promenait autour de la piscine ses atouts à peine dissimulés dans un slip de bain cramoisi à trois pans croisés, couvé par le regard orgueilleux de son amant. Frankie avait pris Ten par la main et sans un mot l'avait ramené chez eux, à Key West. *La Nuit de l'iguane*, la dernière pièce de Williams, venait d'être jouée pendant deux semaines, et Tennessee avait alors invité le metteur en scène, Corsaro, à les rejoindre chez eux. Celui-ci était venu avec son petit ami, que Frankie avait trouvé très sympathique. S'était ensuivi un chassé-croisé typique des moments de fatigue dans les couples avec reproches, scènes et remords.

Juste après le départ des Corsaro, trois tantes étaient arrivées pour un séjour indéterminé, aggravant une situation déjà tendue. Frankie avait proposé de préparer le dîner, mais devant la séduction nonchalante dont son amant faisait preuve vis-à-vis des trois garçons, il avait ouvert la porte de la cuisine et envoyé à la figure des invités la viande suivie de la purée, de la salade et de la cafetière en verre, évidemment pleine.

Le dîner était raté.

Frankie était retourné à New York le lendemain pour d'autres analyses, et Ten en avait profité pour convier à la maison un jeune peintre rencontré à Tanger. Frankie, prévenu par un ami, avait pris le premier avion. Le soir de son arrivée, il était resté tranquille dans un coin à les observer. Le deuxième soir, il avait bondi à la gorge du peintre et essayé de l'étrangler. Ten avait appelé la police, et Frankie, aimablement raccompagné par les agents, était allé dormir chez un ami commun. Il faut dire qu'il était si aimé par tout le monde, y compris la maréchaussée, qu'il aurait pu devenir maire de la ville, comme le disait Tennessee.

Le lendemain matin, au retour de Frankie, Ten avait ramassé ses affaires, livres et vêtements, et les avait empilées dans la voiture. En silence. Le peintre s'était assis à ses côtés. Tennessee avait mis le contact devant Frankie et Leoncia, la gouvernante, immobiles et muets. Puis Frankie s'était secoué et avait marché vers la voiture :

— Tu vas me quitter sans me serrer la main ? Après quatorze ans passés ensemble ?

Tennessee lui avait serré la main et démarré.

La parole est maintenant à Tennessee :

« C'est à peu près à ce moment-là que je commençai à flirter avec un jeune et beau poète de talent, que j'appellerai Ange. Comme vous pouvez le concevoir à ce point de mon récit, je tombe facilement amoureux et d'autant plus facilement que l'objet de mon amour est chaud, consentant, et que, par sa beauté, il fait ma joie de tous les instants. À la fin du printemps 61 le jeune poète et moi avons pris l'avion pour Tanger où nous avons loué une charmante maison juste au-dessus de la plage.

Cependant, Frankie était allé voir son médecin de Kay West qui lui avait diagnostiqué un cancer du poumon.

Ce que je ne savais pas c'est que, pendant tous ces temps difficiles, j'avais aimé Frankie tout autant qu'auparavant.

Il m'est difficile d'analyser aujourd'hui ce qu'a été ma première réaction à sa mort. Je crois que ç'a été le soulagement de savoir que sa torture et la mienne étaient terminées.

La sienne, oui, pas la mienne.

Je me savais incapable d'aller au cimetière. Je revins chez moi avec Kazan et sa femme Molly. Je gardais mon calme mais je les vis s'échanger des regards ; ils savaient que j'avais perdu le seul être qui soutenait ma vie.

À la fin du printemps, je congédiai Ange. Je le revois encore me dire, les larmes aux yeux :

— Je croyais avoir trouvé un foyer.

Vous voyez, Ange était vraiment un garçon charmant, et moi, un homme ravagé. »

Voilà pour l'éphémère, le contingent, le facultatif de l'amour.

Voilà pour ceux qui pensent qu'ils peuvent continuer sans s'en soucier plus que ça. Pour ceux qui s'imaginent que les complications de l'amour ne sont que des exagérations de bonne femme, à ne pas trop prendre au sérieux.

Tennessee aussi a fait semblant qu'en fin de compte, ce n'était pas si important. Il est retombé amoureux, a continué d'écrire, de travailler, de vivre comme il en avait l'habitude, fiévreux, violent, à bout. Enivré, hautain, emporté. Et puis il en est mort, le cœur brisé, des années après, des années pendant lesquelles, minute après minute, il a su ce qu'il avait raté.

54

L'épée ferma le lit abandonné. Tout était fini. Seuls demeurèrent dans la clède, la cabane vide, le chant des cigales assoiffées et les harmonies du rossignol. La vie avait déserté pour la deuxième fois les rivages de l'âme de Yann, qui se mura. Au cœur de la pierre, en amitié avec la mort, le venin avait pénétré. Ni prières ni tendresse, ni pleurs ni vent chaud ne pouvaient l'atteindre désormais. Sa poitrine fut clouée, son baiser détourné par une angoisse infinie, pont-levis relevé. L'arbre plein de rires et de feuilles sécha, comète tuée.

Où est Manon ?

Ni Gustave ni la jeune femme ne sont revenus à la cabane ce 27 juillet 1974. Le lendemain, le surlendemain, la semaine entière, l'attente. La montagne a été fouillée de fond en comble, les hommes-grenouilles ont sondé le plan d'eau, en amont et en aval. Chaque touffe d'herbe, chaque pierre a été retournée. Des meutes entières ont mis leur museau sur la trace de Gustave, puis, truffe baissée, queue pendante, poil hérissé, les chiens ont renoncé. Maria rêve de murènes, Alexandre ne dort plus, Yann tombe dans des comas d'alcool et de benzodiazépine, miséricorde des agonisants. Mitraillée de douleur, sa peau se recroqueville. Les mains d'autrefois voltigent autour de lui, fermant ses yeux asséchés. L'atroce fer rouge fouille ses chairs, écho de ce qu'il redoute et qui ne cesse d'avoir lieu. C'est un temps sans début et sans fin que celui où chaque instant peut être le dernier pour l'être aimé, où la torture ne s'achève jamais parce qu'on ne sait ni quand elle a commencé ni si le crime a été accompli. Ce temps est une furie qui plante ses ongles et ne les retire que pour les replanter plus profondément, plus loin. Il n'y a pas pire qu'éterniser le supplice, pas pire que cette agonie sans issue.

Avant de partir cet après-midi-là, Manon avait enfilé un short de Yann. Son porte-bonheur, la boucle d'oreille en forme d'angelot trouvée sur les quais, était dans l'une des poches. L'angelot a été perdu, et avec lui l'enfant, le chien, la joie, l'amour, la paix.

Un homme couvert de sueur et de sang se promène avec le cœur de Yann dans sa gibecière grillagée.

Dix hivers vont passer.

Souffle le vent, tombent les fleurs,
Ce n'est pas leur mort qui serre mon cœur
Mais celle du printemps
Comment m'expliquer ?

Jisei – poème de mort
Asano NAGANORI

55

J'étais heureuse. Maria la folle, la jalouse, la mélancolique, la colérique avait fichu le camp, laissant derrière elle cet autre moi-même, une femme rieuse – et distraite. Le matin je me réveillais dans les bras de mon homme, mes enfants sautaient dans le lit pour m'embrasser avant le petit-déjeuner, je chantais en les emmenant à la crèche et à l'école, puis revenais avec un croissant, un filet d'oranges et des pommes et travaillais, travaillais, travaillais. L'une des époques les plus sereines. Et bien sûr, nous le savions, que Yann revenait régulièrement de New York, où il avait sa nouvelle vie, de nouvelles connaissances, un travail et de belles amies, d'après ce qu'on nous avait raconté. Quelqu'un le voyait en ville, *toccata e fuga*, avant qu'il ne parte pour sa cabane où il restait seul pendant des jours et des jours. C'étaient ses périodes « moi mon chien ma bite et mon couteau », comme il me le dit par la suite en ricanant, ajoutant, Mais je n'avais même plus de chien à qui parler.

Cette cabane où son existence a basculé, où il avait perdu Manon, ce lieu qui avait d'abord été sa marotte puis son refuge était devenu pour lui un temple, ce qui ne laissait pas de m'étonner. À sa place, je l'aurais banni de ma mémoire après l'avoir brûlé et j'aurais jeté du sel sur les décombres pour que plus rien n'y pousse jamais. Bien que son désarroi me touchât, Yann était assez lointain pour que je fasse comme si de rien n'était. En cela, j'étais aussi douée que mes enfants : en feignant le sommeil, ils s'endormaient.

J'en étais à ma deuxième biographie, la première avait été bien accueillie et mon nouveau contrat, plus consistant, me permettait d'envisager ma passion comme un vrai travail. J'étais contente de boire du café toute la journée devant mes pages, de préparer à dîner en pensant à autre chose, de coucher mes petits bonshommes en leur racontant la Seconde Guerre mondiale, d'enfiler une chemise de nuit que j'enlèverais par la suite dans notre lit conjugal. Alexandre était chaud comme la braise, je lui aurais volontiers fait un autre petit, mais allez savoir pourquoi, même si toutes les conditions étaient réunies, je ne suis pas tombée enceinte. Quoi qu'il en soit, rien ne me frôlait si ce n'est avec des doigts de fée, j'écrivais toute la journée, je faisais l'amour toutes les nuits, je m'occupais de mes fils et de la maisonnée avec légèreté. J'étais quelqu'un d'autre. La vie était bonne, lente et savoureuse, je me disais qu'on avait enfin dépassé le cap des drames. C'était « la maison des jours tendres – et des baisers dans la nuit » du poème d'Éluard. Yann était loin, Alexandre, plus amoureux qu'il ne l'avait jamais été auparavant. La disparition de Manon nous avait rapprochés, soudés. Nous retrouvions la vie que nous avions choisie, débarrassée des peurs qui nous avaient tenaillés. Nous nous y coulions avec le sentiment d'avoir échappé au danger.

Peut-être étions-nous sauvés.

56

Vous avez raison, Allis, de me le demander, et je ne sais pas quoi vous répondre. Comment a-t-on fait, comment s'en est-on tirés ? Yann nous avait interdit de prononcer jusqu'au nom de Manon, et même de Gustave, on le faisait en murmurant, Maria et moi. Quand Grégoire est né, Yann était déjà aux États-Unis, on ne l'a vu que deux ou trois fois pendant tout ce temps, même au téléphone c'est loin, New York, lorsqu'il est revenu avec un master en droit des affaires internationales les petits avaient déjà onze et sept ans. Yann avait fréquenté l'université de Columbia puis travaillé pour des sociétés qui faisaient des fusions-acquisitions. Il me parlait *spin-off*, *carve out* et *demerger*, moi j'entendais émarger ou écrémer et ça ne me plaisait guère, mais ce n'était pas à moi de garder mon frère, n'est-ce pas ? J'avais d'autres chats à fouetter. À ce moment-là j'étais fou de Justine, ma nouvelle amie, une grande fille très chic qui devait avoir plus ou moins mon âge, mais je tenais à conserver deux autres histoires pour combler les manques, Nicole, une jeune effrontée, et Claire, la douceur même, à un moment donné elles m'ont largué toutes les trois, et en même temps encore… Je vous raconterai comment. Maria faisait semblant de ne rien voir, prise par les enfants et son deuxième livre, elle travaillait beaucoup, après avoir navigué en plein XVIIe avec Ninon de Lenclos elle était partie à la découverte de l'univers de Jung – il y a pire comme compagnie –, j'avais le temps de me dévergonder après les cours, j'avais le temps de tout, de draguer la bague au doigt pour ne pas me retrouver dans les problèmes, elles savaient que j'étais marié, c'était plus confortable, plus pervers sans doute, et pourtant, pourtant, combien de filles se sont cognées au défi de l'homme marié, J'arriverai là où les autres n'arrivent pas, elles ont un instinct de pie, on dirait que ce n'est pas nous qu'elles veulent, juste nous ravir à une autre femme, qu'est-ce que ça change au fond qu'il s'agisse de l'une ou de l'autre, nous sommes pleutres, nous sommes bouchés, troublés, égarés, cela nous convient bien, nous avons autre chose à faire ou alors rien, peu importe, rien c'est déjà mieux que tomber tout cuits dans leurs becs, elles sont si belles, quand on leur dit salope on leur en veut et quand on leur dit je t'aime aussi.

Yann et moi, on avait un faible pour ces mots de Drieu, combien de fois, rue Saint-Victor, nous nous sommes lu l'un l'autre ce passage, à la fin on le connaissait par cœur : « Une femme intelligente qui ne parle jamais. Une femme bonne, mais sans indulgence. Une femme qui cache son amour, sauf au lit. Une femme qui ait envie de nous quitter avant qu'on ait envie d'être seul. Une femme raisonnable à force de passion. » On y croyait ? On la cherchait ? Je ne sais pas, je ne sais pas. Lui et moi, on a aimé comme on pouvait. Mal, et furieusement. Mais mal, sans doute.

57

Manon n'était pas belle. C'était autre chose, quelque chose de mieux. Je rêve souvent d'elle, des rêves au cours desquels je la vois marcher dans la rue, ou alors elle est assise à côté de moi dans le bus, et elle m'observe ostensiblement pendant que je l'ignore, je fais semblant de ne pas la reconnaître, de ne pas la voir mais elle me suit, je me mets à courir et elle m'appelle, Maria, Maria, où allez-vous comme ça, vous croyez que je suis morte, n'est-ce pas, mais je suis toujours vivante, et je crois l'avoir semée mais elle resurgit soudain devant moi, comme dans ces horribles films qui font peur, et je la tuerais d'être revenue, je lui arracherais les yeux d'avoir osé. Quand je me réveille, j'ai honte. Et je suis soulagée de savoir que c'est fini, vraiment fini, qu'elle est partie pour toujours. Adieu, Manon, adieu. Repose en paix là où tu es, ce n'est pas ma faute, Dieu m'en est témoin. On n'a rien en commun, toi et moi, que les hommes qui nous ont aimées, on ne sait pas pourquoi, ni eux non plus. Reste où tu es.

Cette étrange beauté qu'elle avait, plus belle que si elle l'avait été tout à fait… Quoi encore ? Les enfants se parlent à voix basse, je sens que la dispute ne va pas tarder. Casse-pieds !

— Grégoire, tu arrêtes d'embêter ton frère. Je ne le répéterai pas, alors s'il te plaît tu cesses…

— … avant qu'elle t'en colle une pasque t'es vraiment chiant !

— C'est à toi que je vais en coller une si tu utilises ce langage avec ton frère !

— Mais m'man, c'est lui qui a commencé. Il veut toujours toucher au microscope, il va le casser !

— Sois gentil, Julien. Il est plus petit que toi.

— Ouais, avec ça…

— On ne dit pas ouais.

— … Mais t'as vu, m'man, il recommence, cette tête de slip.

— C'est quoi, tête de… slib ?

— Greg, laisse travailler ton frère… Dis donc, Julien, qu'est-ce que tu examines, là ?

— C'est une crotte de nez, m'man ! C'est la mienne ! Il a qu'à me la rendre s'il veut pas me laisser jouer !

— Bon, maintenant j'en ai assez ! Je ne veux plus vous voir. Tout le monde dehors !

Où en étais-je ? Ah oui. La beauté. La beauté ne sert à rien aux femmes. Elles croient que si elles sont belles elles pourront avoir ce qu'elles veulent, tout d'abord l'amour, mais rien n'est moins vrai. Est-ce que Brigitte Bardot a été heureuse ? Ava Gardner, aimée ? Ou, tiens, Marilyn ? Pourtant les hommes auraient fait n'importe quoi pour elles, y compris mettre fin à leurs jours. Un moment. Celui d'après, ils étaient déjà distraits. Et puis, leur désir n'est pas probant. C'est quoi ? Juste une pulsion. Ils peuvent ressentir cela pour n'importe laquelle d'entre nous. Parfois même sans regarder notre visage. C'est dire…

Qu'est-ce que c'est encore ? Pourquoi il pleure, Grégoire ?

— Pourquoi tu fais pleurer ton frère, Julien ?

— Chais pas pourquoi il chiale… Dis m'man, je peux aller à la piscine samedi avec oncle Yann ?

— Oncle Yann ?

— Oui. Il a dit qu'on irait à la piscine lui et moi, entre mecs.

— Je peux venir, moi aussi ?

— T'es pas un mec toi. T'es un morbac !

— C'est quoi morbac ?

— Julien, j'en ai assez. Si tu ne sais pas jouer gentiment avec ton frère, tu vas aller dans ta chambre. Et je le dirai à ton père, ce soir.

— Famille de cafteurs… de… de collabos.

— C'est quoi collabo ?

— Tous les deux ! Je ne veux plus vous entendre, c'est compris ? Allez, ouste !

… Dans ce qui s'est passé mon visage, mon corps, ont joué un rôle, certes, mais lequel ? Je trouve très judicieux le conseil que Madame de Rosemonde donne à la pauvre présidente de Tourvel dans *Les Liaisons dangereuses* – et qui ne sert, bien entendu, à rien : « Les hommes savent-ils apprécier la femme qu'ils possèdent ?

« Ce n'est pas que plusieurs ne soient honnêtes dans leurs procédés et constants dans leur affection : mais, parmi ceux-là même, combien peu savent encore se mettre à l'unisson de notre cœur ! Ne croyez pas, ma chère enfant, que leur amour soit semblable au nôtre. Ils éprouvent bien la même ivresse ; souvent même ils y mettent plus d'emportement ; mais ils ne connaissent pas cet empressement inquiet, cette sollicitude délicate. L'homme jouit du bonheur qu'il ressent, et la femme de celui qu'elle procure. Cette différence influe pourtant, d'une manière sensible, sur la totalité de leur conduite respective. »

On devrait l'étudier à l'école, cette tirade !

Moi-même, que ne me suis-je pas aveuglée tout au long de mon mariage. Quelle idée de vouloir changer l'homme que j'avais choisi, je le sais maintenant, pour ce qui lui manquait ! C'était la guerre : moi qui voulais quelque chose qu'il ne pouvait me donner, lui qui ne comprenait même pas ce que je lui demandais. Et alors ? Le savais-je, moi ? Je l'aurais détruit si j'avais réussi. Je me serais retrouvée avec un pantin entre les mains au lieu d'un homme. Pourtant, j'ai bien essayé. Un jour de rage, j'ai invité dans sa cantine préférée ses trois chéries du moment. En même temps, par télégramme. Justine, Claire, Nicole. « Mon ange, 19 octobre, 20 heures, notre restaurant sur les quais angle rue Séguier, je t'attends, table à mon nom, surprise. Viens. »

Je les ai conviées toutes les trois ensemble, disais-je. Mais sans lui. Bien sûr, sans lui.

J'aurais aimé être présente. Une petite souris. Combien de fois n'ai-je pas imaginé cette scène.

Elles ont dû m'adorer.

58

J'ai dit dès le début de ce livre que cette histoire n'est pas la mienne. Pendant que je l'écris, néanmoins, je m'aperçois qu'elle prend une place énorme dans ma vie. L'Allis qui avait le temps de courir avec son chien dans la forêt, d'étendre les draps puis de s'asseoir par terre, dos à un olivier, pour attendre qu'ils sèchent en regardant le ciel changer de couleur n'a plus aujourd'hui le temps de rien. L'écriture me possède, la nuit je rêve de Yann et de Manon, je me réveille en sueur, je remets une bûche dans la cheminée et me rassois devant mon ordinateur pour continuer à suivre les méandres de leur histoire. Les infidélités d'Alexandre me cuisent, la jalousie de Maria me tient chaud, le trouble de Yann me trouble. Je les envie d'être plus vivants que moi, tellement vivants que leurs larmes m'épuisent et que leurs nuits blanches me tiennent éveillée, alors que les miennes sont un désert sentimental – et sexuel.

Je ressemble à Maria dans sa recherche d'absolu, même si je n'ai jamais été jalouse comme elle l'est. J'ai un frère en Alexandre, moi qui ai eu plus d'amants que la vie d'une femme ne devrait en compter. Et j'aurais pu être amoureuse de Yann, je crois, parce que je suis sensible aux êtres blessés, aux fêlures plus qu'aux triomphes, à la délicatesse plus qu'à la puissance, à la nuance et à l'ellipse plus qu'à ce qui est tranché. La phrase de saint Augustin : « Aime et fais ce que tu veux », résonne en moi jour après jour. Aimer pour renoncer à la force, faire en sorte que l'amour tienne lieu de morale, que cette morale se substitue à l'amour lui-même lorsqu'on en manque – ça arrive par périodes, je le sais –, qu'au sein de cette éthique l'amour devienne la constance d'un choix, et que ce choix soit le fruit du libre arbitre… cela me plaît. Que cela ne serve à rien pour l'instant n'est pas essentiel, étant donné que je n'ai que mon chien, ma Maya trouillarde, à aimer. Même dans ma solitude, je peux agir. C'est pourquoi Maria, Alexandre et Yann parlent à mon âme plus que des êtres de chair et de sang ne le feraient.

La gravité de tout ceci m'épuise. Alors, de temps à autre, je m'amuse à fouiller la futilité. J'ai imaginé les maîtresses d'Alexandre fonçant tête baissée dans le guet-apens que Maria leur avait préparé pour se débarrasser des trois à la fois. Comme elle, j'aurais voulu être une petite souris. Je vois la scène telle une pièce de théâtre, où la grande Justine arrive la première au restaurant :

— Bonsoir, Carlo. Vous allez bien ?
— Très bien, madame Brunet, merci.
— La table de monsieur Laurents est prête ?
— Oui. Vous êtes la première, madame.
— Comme d'habitude.

— Qu'est-ce qui vous ferait plaisir ?
— Une coupe. Rosé.
— Tout de suite.

Le génie est sorti de sa lampe pour me dire que Justine boit du champagne rosé. C'est une longue girafe élégante d'une quarantaine d'années, un peu esseulée, un peu blasée. Chef de pub, peut-être, ou directrice d'une agence de voyages chic.

La deuxième, Nicole, une jolie poupée effrontée, arrive juste après. Minijupe, hauts talons, boucles d'oreilles voyantes, à presque trente ans elle travaille dans une boîte de production télé. Alexandre l'amuse, elle le connaît depuis peu de temps et aimerait bien que ça aille quelque part, comme elle dit.

— On m'attend.
— Bien, mademoiselle. C'est réservé à quel nom ?
— Monsieur Laurents. Alexandre Laurents.
— Euh… un instant. Confiez-moi vos affaires je vous prie. Je reviens de suite.
— Dépêchez, vous voulez ? Je crève de faim.

La troisième, Claire, est une jeune femme réservée, compétente dans son domaine – je la vois agent immobilier – et cherche, à trente-cinq ans, l'amour avec un grand A. Elle veut se marier et faire un bébé dans la foulée. Alexandre est un accident de parcours, son dernier, pense-t-elle, avant de se ranger. Elle est amoureuse, et cette liaison sans visibilité la fait souffrir.

— Hello, Carlo ! Quel plaisir de vous revoir. Alexandre est déjà là ?

— Non, mademoiselle Claire.

— Qu'est-ce qu'il y a ? Vous allez bien ?

— Tout à fait bien. Je vous accompagne. C'est au nom de monsieur Laurents, bien sûr… enfin… n'est-ce pas ?

— Mais oui, Carlo. Non, vraiment, vous êtes tout pâle, quelque chose ne va pas ?

— Tout va bien. Voici votre table, mademoiselle. Qu'est-ce qui vous ferait plaisir ?

Justine sirote sa coupe en donnant des coups d'œil à sa montre. Elle la voit arriver et demeurer près de sa table, debout près du maître d'hôtel impassible. Il ne reste à Claire, bien élevée mais perplexe, qu'à la saluer.

— Bonsoir, madame.

— Bonsoir.

Puis, au maître d'hôtel :

— Voyons, Carlo. Vous êtes sûr que c'est la table de monsieur… ?

— Oui. Réservée pour trois. Au nom de monsieur Laurents.

— Oh, bien ! D'accord ! On l'attendra alors.

— Comme d'habitude.

— Pardon, madame Brunet… je crois qu'une autre jeune femme est prévue à cette table. Je l'ai… Elle… est au bar.

Nicole, qui s'approche de la table où ses deux rivales se taisent, embarrassées, est moins bien élevée que Claire. La scène qui suit, je la vois très rapide, et mettant fin aux quelques illusions qui peuvent perdurer. Une poignée de minutes suffit pour qu'Alexandre gaspille ses trois maîtresses, selon les vœux de Maria. Nicole parle fort :

— C'est une blague !

— Asseyez-vous, je vous prie.

— Si je veux ! Dites, c'est une blague, non ? Si c'en est une, elle n'est pas drôle ! Il est où, Alexandre ? Et vous êtes qui, au fait ?

— Et vous ?

— Attendez, attendez un instant… Vous… Nous connaissons Alexandre, toutes les trois, c'est exact ?

— Oui.

— Oui.

— D'accord. Et vous êtes… ?

— Qu'est-ce que ça peut bien vous faire ?

— Oh, ça va ! Je vais vous dire, moi.

— Non non non non ! Je ne suis pas sûre d'en avoir envie.

— Eh bien, je vais vous le dire quand même. Alexandre, c'est mon chéri !

— Ouiii… Et vous vous appelez comment ?

— Claire. Mais je ne vois pas le… rapport.

— Bon, eh ! Elle t'a juste demandé comment tu t'appelles, ça va ! Moi, c'est Nicole, tu vois, pas la peine d'en faire tout un plat !

— Je sens que je ne vais pas m'éterniser.

— Tu peux te tirer, personne ne te retient.

— Du calme. Nous sommes là parce que quelqu'un veut qu'on se crêpe le chignon.

— Bon, recommençons : vous connaissez toutes les deux Alexandre, c'est bien ça ?

— Oui.

— Oui.

— Et… ?

— C'est mon… amant.

— C'est mon petit ami.

— C'est sa femme !

— Pardon ?

— Comment ?

— C'est sa femme. Elle nous a eues.

— Je crains que oui.

— Oh ben, zut alors !

— Elle veut dire merde, je pense.

— Qu'est-ce qu'on fait ?

— Faites ce que vous voulez. Moi, je me casse !

— Vous avez tort. Restez ! Le temps d'éclaircir tout ça.

— Ben, si t'as pas encore compris, je ne sais pas comment t'expliquer ! Ce clébard ! Vous, qui avez l'air plus vieille, enfin, plus raisonnable… dites-lui !

— Merci, je ne suis pas encore grand-mère… Soyez pas vache, on ne vous a rien fait, nous.

— Juste un mot, pour savoir. Avant que vous partiez. Vous allez… le laisser tomber ?

— Ben non, je vais lui demander de m'épouser. T'es pas un peu cruche, non ? Allez, salut !

— Au revoir, mademoiselle.

— Oui. C'est ça. Adieu.

Nicole part, ou plutôt se casse. Est-ce que Claire et Justine restent assises ? Je crois qu'elles sont un peu sonnées, et qu'elles se dévisagent en essayant de mieux comprendre ce qui s'est passé :

— Et vous ? Vous partez aussi ?
— Tu t'appelles comment, tu dis ?
— Justine Brunet.
— Tu peux me tutoyer. Je m'appelle Claire Mahé, en fait.
— Vous… quand même… tu ne pleures pas, non ?
— Mais non, j'ai une poussière dans l'œil.
— Claire… Claire, allons. Aucun homme ne mérite qu'on pleure pour lui.
— Oui, c'est ce qu'on se dit chaque fois. Ça n'empêche… On boit un verre ?
— Si vous voulez. Enfin, si tu veux.
— C'est marrant, moi, je n'éprouve même pas de rancune.
— Et moi, je l'aime bien, mais ça… ! Nicole… Nicole a raison. C'est un chien. Un chien fou. Mais on le savait, non ? Il te l'avait dit, non, qu'il était… pris ?
— Oui, je le savais.
— Enfin, le sale boulot, c'est d'être mariée avec lui. Nous, ce n'est pas grave.
— Carlo, s'il vous plaît ! Vous buvez quoi, Justine ?
— On a dit qu'on se tutoyait. Du champagne. Rosé.
— Pour moi un verre de rouge, Carlo.
— À la femme d'Alexandre !
— Sacrée salope quand même.
— Quoi qu'il en soit. À la femme d'Alexandre.

La tragi-comédie pourrait s'arrêter ici, mais j'aimerais bien que ces deux femmes se parlent, ne fût-ce que pour panser leur amour-propre. Je crois en tout cas que c'est ce que j'aurais fait à leur place car j'ai toujours éprouvé plus de solidarité pour les femmes que de complicité pour les hommes. Alors, je serais restée assise et j'aurais bu un verre. Peut-être plus d'un. Ça m'amuse que Maria ait réussi ce coup magistral. Et bien que ce vaudeville soit inventé, il n'empêche que c'est elle qui a gagné la partie dans la réalité.

Aime et fais ce que tu veux.

SAINT AUGUSTIN

59

En 1978, j'avais dix-neuf ans. Je revois l'Allis de ces années-là, mais je ne la reconnais pas. J'étais rêveuse, discrète, refermée. Dans un de mes carnets de notes de l'époque, je trouve ces mots : les racines communes du désir et du désastre, de la caresse et de la charité. Qui sait ce que je voulais dire par là. Toujours dans ce carnet, je lis ce jeu de mots qui, je m'en souviens, me fascinait, *In girum imus nocte et consumimur igni*, palindrome latin signifiant : « Nous tournons en rond dans la nuit et nous sommes dévorés par le feu », titre d'un livre puis d'un film de Guy Debord. Je me souviens que lorsque je me répétais cette phrase j'avais l'impression de me retrouver face à l'un des rébus qui m'ouvriraient la connaissance du monde. Je vénérais, avec un décalage dû à mon âge, Debord, Derrida et Althusser, j'aimais les paradoxes de Vaneigem et je tenais Lacan pour un envoûtant imposteur. Je ne sais pas ce qui, dans la démarche du psychanalyste, m'avait dérangée à ce point. Peut-être était-ce l'histoire du tableau de Courbet, *L'Origine du monde*, qu'il avait acheté, suspendu au salon… et caché derrière une autre toile. Je me disais que quelqu'un qui est marié à l'ancienne épouse de Georges Bataille, le pape de l'érotisme, et qui occulte un tableau comme celui-là, ne peut pas jouer franc-jeu. J'avais dix-neuf ans, des principes et des lubies.

En 1978 je lisais *Libération* entre une heure et deux heures du matin au caveau de la Bolée pendant qu'autour de moi mes copains se défiaient aux échecs, des tournois qui pouvaient durer des semaines. La mort de Claude François m'était passée par-dessus la tête et j'avais vu trois fois *Providence* d'Alain Resnais au cinéma.

De quoi je me souviens encore ? Du concert de Téléphone dans le métro, à République, car comme pas mal de filles de mon âge, j'étais un jour amoureuse de Louis Bertignac, le suivant de Jean-Louis Aubert. Il est vrai que ce groupe qui nous sortait du yéyé était de loin le plus sexy de ces années-là, des années où la France, à mon grand regret, semblait s'enliser dans un ronronnement doucereux, tout spleen post-68 oublié.

Comme je ne savais pas ce que je voulais faire de ma vie, je m'étais inscrite en fac de lettres en attendant d'y voir plus clair. L'un de mes professeurs s'appelait Alexandre Laurents. J'aimais bien son petit air de Robert Redford brun et sans cicatrices d'acné, et lui aussi m'aimait bien. Nous avions pris quelques cafés ensemble, il m'avait vaguement draguée, ensuite ma vie avait changé de direction et nous nous étions perdus de vue.

Vingt-cinq ans plus tard j'ai tendu une cigarette et un ticket de métro à un clochard qui tremblait de froid en bas de la rue de Saintonge, où j'habitais.

— Allis… Allis, c'est vous ?

Je me suis retournée et, dans ce corps qui flottait sous des vêtements deux fois trop grands, derrière la saleté et les rides comme des coups de canif, la tignasse crasseuse et la barbe d'une semaine, j'ai reconnu le prof le plus séduisant de mes années de Sorbonne, Alexandre lui-même.

60

À la fin des années soixante-dix, après son master, Yann avait travaillé pour des agences de conseil à Wall Street. De là, il avait assisté à l'arrivée de Reagan au pouvoir et suivi de près, de manière critique, ce que la course à l'argent peut faire d'un pays. Les mutations étaient rapides. Il se disait qu'elles étaient aussi définitives que la disparition des mammouths. Plus jamais le monde ne serait pareil. Il en voulait pour preuve la théorie de l'entropie, qui affirme que si on met une pomme pourrie au milieu de pommes saines, au bout d'un moment toutes les pommes pourrissent, alors que l'inverse n'est pas vrai. Le mal a davantage de force que le bien dans notre monde. Plus il réfléchissait au fait que le seul élément contraire à cette loi universelle est, aussi incroyable que cela puisse paraître, l'évolution de la vie jusqu'à l'homme, plus il avait envie de rire. De qui se moquait-on ?

Lorsqu'en France François Mitterrand avait été élu, il s'était dit qu'il était peut-être temps de rentrer, et lorsque Badinter était devenu garde des Sceaux et avait obtenu l'abolition de la peine de mort, Yann avait pris un billet pour Paris. Il ne voulait pas continuer à vivre dans un pays où des hommes morts marchaient, selon la formule qui accompagne les condamnés, mais un cabinet très important venait de l'embaucher. Il était resté, remettant tous les jours sa décision au lendemain. Cinq ans encore s'étaient écoulés, des années pendant lesquelles il avait mis son savoir-faire à profit et fait fructifier son argent en Bourse en se bouchant le nez, mais sans rechigner sur les bénéfices. Ensuite il avait pris un nouveau billet pour Paris, cette fois-ci sans retour.

René Glayman & Associés intervient notamment dans les secteurs du droit pénal, du droit des affaires, du droit de la presse, de la propriété intellectuelle, du droit de la famille et du droit social, que ce soit pour la défense des particuliers ou pour la défense des entreprises.

Malgré l'énoncé pléthorique, l'en-tête du cabinet que Yann avait rallié en ce milieu des années quatre-vingt n'était pas exhaustif. René Glayman était un avocat qui tirait son éthique personnelle des fondamentaux grecs et sa philosophie quotidienne d'une famille de résistants. À son arrivée, Yann n'était qu'un dernier venu qu'on scrutait avec prudence, son bagage professionnel new-yorkais étant en France aussi chic qu'incongru. Mais voilà, le patron avait tenu à l'inclure dans sa bande de bosseurs, et Yann avait hérité d'un bureau près de la machine à café, à côté des toilettes, avec une fenêtre donnant sur un puits aveugle du vieil hôtel particulier tout moulures, stucs et cheminées en marbre jaune. Cela ne le dérangeait pas, rien d'ailleurs ne semblait le déranger, ni dans l'exercice de son métier ni dans sa vie personnelle.

À son arrivée, Maria l'avait trouvé changé, le menton légèrement proéminent, auparavant toujours recouvert d'une barbe de trois jours, maintenant rasé de près, deux longs plis verticaux sur les joues, des lunettes à monture d'écaille qui cachaient ses yeux clairs, et les cheveux déjà gris coupés en brosse. Il se tenait très droit, la bouche close et comme murée – ce qui avait créé ses nouvelles rides –, bras croisés. On aurait dit qu'il avait grandi. Même son silence s'était transformé, et son sourire, et si Alexandre avait feint de le retrouver tel quel, juste son petit frère après des coups durs et avec quelques années de plus, Maria n'avait pas été dupe : celui qui était venu la chercher jusque dans son lit de Melrose, son ami d'université, son amoureux transi, le tendre compagnon de Manon, avait disparu quelque part entre Paris, l'Ardèche et les États-Unis. À sa place on avait envoyé ce clone, qui avait pris les affaires les plus modestes et les moins commodes du cabinet Glayman et les avait transformées en or médiatique – rémunération minimale du travail des détenus, droit familial des immigrés, limite territoriale des eaux de pêche –, devenant la coqueluche des journalistes spécialisés, puis des journalistes tout court. Des femmes surtout, captivées par ce champion qui avait déboulé sur une scène juridique d'habitude assez ingrate avec un corps et un visage d'acteur qui joue à l'avocat, l'esprit aiguisé d'un logicien et la langue d'un tueur de salles d'audience.

Maria avait assisté à l'une de ces représentations, et comme dans le flash-back d'un vieux film, elle avait revu le jeune homme qui avait pris la parole en 68, celui auquel François-Xavier avait crié, D'où tu parles, camarade ?, et qui en avait été cloué au sol de désarroi. Si, alors, elle avait été fière pour lui qui en avait eu honte, là, c'était l'inverse : elle avait eu honte pour lui, dont la fierté était un étendard flottant libre devant ses pairs, admiratifs et quelque peu jaloux.

Yann avait une fois pour toutes dépassé son complexe de Cicéron pour se transformer en bête de scène. Ses gestes, sa voix, son regard concouraient à ce que les chroniqueuses appelaient son âme. Il arrivait à émouvoir et persuader à la fois, semblait parler avec le cœur dans une main et la vérité dans l'autre, lui pour qui, au fond, cette dernière n'avait pas de présence mais seulement un avenir ou un passé, résultat d'une construction qui jamais ne coïnciderait avec l'absolu. Il citait volontiers ses philosophes, Levinas, « le visage est ce qui nous interdit de tuer », Rousseau, « sincérité n'est pas vérité », Bettelheim – les élans du cœur doivent aller de pair avec la réflexion – et même Gramsci, « La crise survient lorsque le vieux monde ne laisse pas sa place au nouveau. » Il en était arrivé à forger des maximes de son cru selon ses besoins, « Il n'y a pas plus indigné que l'homme indigne », et à utiliser des clichés, « On est possédé par ce que l'on possède. » Il ne répugnait à rien, prêt à tout pour ses effets de rhétorique. La seule réaction qu'il n'obtenait jamais, malgré ses efforts, était le rire.

Par ailleurs, et Maria s'en était aperçue avant tout le monde, il était devenu tellement paranoïaque que, si on lui offrait un bonbon à la menthe, il pensait qu'il avait mauvaise haleine.

Yann vivait enfermé dans un corset.

61

Oui, Yann était sanglé dans une cuirasse qui lui était à la fois protection et cilice, une armure dont il ne se défaisait que très rarement désormais. Ce temps est passé et tant de choses sont arrivées, et moi… vous me voyez tel que je suis, Allis, sans vous je ne sais pas ce que je serais devenu, sans votre sollicitude, votre gentillesse, c'eût été l'hôpital, ou pire… Quinze jours déjà que vous m'avez ramassé dans la rue, et nous sommes toujours sans nouvelles de Maria… Mais pourquoi le faites-vous, dites-moi, nous ne sommes même pas amis… Je vous avais draguée, à l'époque, n'est-ce pas ? C'est tout ce que je savais faire, draguer de jeunes et jolies filles. Quel con j'étais… Un bon prof, dites-vous ? C'est gentil de votre part, mais un vrai con par ailleurs… Oui, s'il vous plaît, une autre tasse de café, je veux bien, oui j'ai arrêté de boire, pour l'instant tout au moins. Grâce à ces pilules, j'ai pu dormir quelques heures, depuis quinze jours c'était l'enfer, merci, merci du fond du cœur, j'ai enfin pu me remettre debout, recommencer à espérer. Un peu.

Quel âge avez-vous ? Nous nous sommes connus en 1978, vous n'aviez pas vingt ans, aujourd'hui, en 2003… Pardon de vous demander ça. C'est que vous semblez tellement jeune et je me sens si vieux. C'est nouveau pour moi, vous savez ? Je croyais que ça n'arrivait qu'aux autres, la vieillesse. Quarante-quatre ans ? Vous ne les faites pas. Vous êtes plus… comment m'exprimer… mieux qu'autrefois, et je ne dis pas ça pour… enfin, vous m'avez compris. Ce serait pire que malvenu, ce serait criminel. Et je pèse mes mots. Il y a des choses qui sont sacrées. Je l'ai compris un peu tard, mais je crois que ça y est.

Qu'est-ce que je vous disais ? Yann. Nous avons passé quelques jours chez nous, en Bretagne, à la mort de notre mère, pendant l'été 90. Elle… Maman s'en est allée sans ennuyer personne, comme on pouvait s'y attendre. Ça lui ressemblait bien : elle était sortie faire quelques courses – elle avait obtenu de son infirmière de garder ce temps pour elle seule – et en payant sa demi-baguette elle s'est affaissée, comme ça. Avant même de toucher le sol, il n'y avait plus personne. Yann et moi, nous nous sommes occupés des funérailles, avons congédié son aide, mis en vente la maison de Perros, et pris notre dernier jour pour aller à la pêche avec le cotre de notre enfance. Yann aurait voulu le garder, et moi aussi, mais nous savions que ni lui ni moi ne retournerions là-bas, mes fils étaient déjà grands et avaient leur vie, Maria ne jurait que par Melrose et mon frère… ses derniers étés, c'était plutôt à Martha's Vineyard avec la fausse brune de service qu'il les passait.

Quoi ? Qu'est-ce que j'ai dit ? Encore une boutade macho comme celle-ci et vous me mettez à la porte ? Vous voyez bien, quand je vous dis que je suis un con…

C'est au cours de notre dernier jour à bord du cotre que Yann m'a parlé de la prédiction de cet illuminé qui lui avait lu les lignes de la main lors de son premier été en Ardèche, l'été où il avait trouvé sa cabane, bien avant qu'il ne rencontre Manon… Ce jour-là il m'a raconté d'autres choses aussi. Des choses que je n'aurais pas voulu entendre, mais qu'il me semblait connaître depuis tout ce temps.

62

Le bibi ou siponcle est un ver rose et dodu parfaitement dégoûtant à l'heure du petit-déjeuner, mais les bars, daurades et petites soles le trouvent irrésistible lorsqu'il danse, pansu et aveugle, juste au-dessus d'un banc de sable dans l'eau sombre du petit matin. C'est l'aube, c'est l'été, et sur leur bateau à voiles Alexandre et Yann boivent à longues gorgées avides dans le même gobelet, l'un après l'autre, un café noir et bouillant. C'est l'aube, c'est l'été, et il fait encore froid en mer. Lorsque le jour se lève derrière la brume qui recouvre l'horizon, la palangre est prête au milieu de la coque, sorte de chapeau en polystyrène sur lequel les fils, bien ordonnés, sont déjà parés d'appâts. C'est Alexandre qui jette le premier flotteur, un bidon de Vigor violet, et qui laisse la ligne mère se dévider pendant que Yann démêle au fur et à mesure les orins et les avançons. Le bateau file dans le sens du courant, la palangre se déroule sur une trentaine de mètres, le fond est clair et sablonneux, c'est parfait. Pour les avoir faits des dizaines de fois depuis leur enfance, les deux frères retrouvent les gestes anciens dans une fluidité de mouvements faite de complicité. Il ne leur reste plus qu'à déserter les lieux pendant quelques heures. Le vent se lève, c'est le moment qu'ils attendaient.

La matinée, d'abord grise et brumeuse, a laissé la place à la plus belle journée de soleil que la Bretagne puisse accorder, l'une de ces offrandes dont la côte est assez avare pour qu'on en apprécie pleinement l'exception. Yann et Alexandre avalent l'air cru avec gourmandise, le vent brûlant les fait frissonner, une fièvre douce envahit leurs membres. Les bras hérissés de chair de poule, ils jouent avec les voiles ; pieds nus ils courent de la proue à la poupe cordages aux bras, ce badinage avec la mer est leur manière d'être ensemble, de se dire que la rancune, l'amertume, le doute vont de pair avec cet amour fraternel, bravache, fait pourtant de compassion, et même de miséricorde. Ils sont toujours les deux petits garçons qui ont pleuré l'un devant l'autre, l'un pour l'autre lorsque leur père les a quittés.

Qui en a parlé le premier ? Est-ce Alexandre, qui gardait cette question tapie en lui depuis toutes ces années ? Ou Yann, qui voulait mettre à l'épreuve, pour la énième fois, le sentiment de possession, l'exclusivité que son frère éprouvait vis-à-vis de sa femme ? Est-ce que d'ailleurs cela avait été dit dans ces termes exacts, Que s'est-il passé à Melrose cet automne-là, ou les deux hommes ont-ils d'abord tâté le terrain, procédé par périphrases, à fleurets mouchetés ?

Lequel des deux a porté l'estocade ? Lequel a esquivé ? Lequel des deux a été le plus blessé ? Se sont-ils seulement raconté la vérité ?

Cap sur le port. Dans le soleil couchant, encore fallait-il remonter la palangre. Ils se sont arrêtés et Alexandre s'est penché au-dessus du bastingage pour ramener à lui le bidon violet qui flottait sur les vaguelettes paisibles. Ensuite il a commencé à tirer sur le fil transparent. Le premier bar devait avoir mordu depuis le matin, il était déjà mort lorsque Yann l'a décroché de l'hameçon puis jeté dans un coin pour s'occuper de l'enroulage de la ligne mère. Le fil frémissait. Il y avait des poissons vivants qui attendaient d'être remontés. Alors Alexandre a passé la main à son frère pour s'occuper de la maintenance. Il savait que Yann aimait cette sensation. Les daurades exténuées essayaient de s'enfuir et n'arrivaient qu'à s'enfoncer l'hameçon un peu plus profondément dans la chair. Ensuite, la gueule déchirée, elles s'épuisaient lentement sur le pont du bateau en donnant de violents coups de queue. C'était exquis de deviner la tache argentée du poisson sous la surface de l'eau, d'essayer d'en prédire la taille, puis de tenir cette vie dans la main, et de sacrifier la bête dans la hâte de la suivante. Alexandre contemplait Yann qui en avait le souffle court, la bouche entrouverte en un rictus. En écoutant sa respiration saccadée, une vague de jalousie s'est abattue sur lui. Il s'est levé, ombre noire courbée sur la silhouette recroquevillée de son cadet, a ouvert les bras et plongé, tout habillé, dans la mer qui avait pris la couleur du sang.

C'est Alexandre lui-même qui a remis le sujet sur la table au dîner, en même temps que les bières, les verres à moutarde – c'était tout ce qui restait après que les cristaux de Bohême de leur mère avaient été déposés à la brocante – et les poissons grillés sur le feu de bois.

Dans ce jardin dont ils connaissaient le moindre recoin, une provision de canettes à côté d'eux, ils se sont étendus sur les vieilles chaises longues qui allaient partir à la décharge le lendemain. Une longue nuit, la dernière dans la maison de leur enfance, venait de commencer.

63

Je sais que je devrais parler un peu plus de moi. Il faudrait que je dise pourquoi l'idée d'écrire ce livre a fini par devenir essentielle à mes yeux, mais cela m'est difficile. Juste une ou deux choses, néanmoins : je me suis souvent trompée dans le choix de mes amoureux. L'avant-dernier, Louis, n'a eu de cesse de laisser sa braguette ouverte après ses innombrables infidélités. Son immoralité, il l'érigeait en liberté, et mon indignation en pusillanimité.

Par la loi qui veut qu'on tombe de Charybde en Scylla, les deux monstres marins qui, dans la mythologie grecque, gardaient les confins du monde connu, lorsque j'ai quitté Louis j'ai rencontré Iohann, qui n'avait jamais trompé sa femme auparavant. Il l'a fait avec moi.

Il m'est tellement plus facile de parler d'Alexandre et de Maria que de moi. À travers leur histoire, c'est moi que je raconte.

En voici un peu plus, tout de même : la première fois que j'ai trouvé dans le lit que je partageais avec Louis une petite culotte – pas la mienne –, c'était au lendemain de son anniversaire. Je venais de lui offrir

Maya, qui à l'époque avait un mois et demi et tenait dans nos deux mains réunies. Un cadeau qu'il avait réclamé, une promesse de vie pour lui comme pour moi. Je me souviens d'avoir quitté le lit, claqué la porte et pris le chemin qui montait dans la colline. C'était en juin, l'aube n'était pas loin. Je marchais dans la brume rosée de l'été naissant, et le monde était d'une telle beauté, et je ne voyais rien tant mes yeux étaient noyés de larmes. Je me souviens que je me disais, Je vous en prie, qui que vous soyez, faites que mon cœur explose et qu'on n'en parle plus, faites que je meure ici, tout de suite, et que cette angoisse cesse. Je sanglotais si fort que je n'avais pas entendu la petite chienne derrière moi. Elle m'avait suivie comme elle pouvait, trébuchant et trottinant sur ses pattes de sauterelle, et elle gémissait de fatigue. Je m'étais baissée pour la prendre dans mes bras. Elle s'était apaisée, avait fait pipi sur moi et s'était endormie. Peu à peu, la douleur avait reflué, mais j'étais restée toute la matinée assise avec la chienne sur les genoux. Il avait tout de même bien fallu que je revienne, et Louis m'avait juré que ce n'était rien, que ça ne voulait rien dire et qu'il n'aimait que moi. Je l'avais supplié de m'épargner ou de me laisser partir, mais il n'a fait ni l'un ni l'autre et, par la suite, il ne s'est plus gêné. J'ai fermé les yeux pendant trois ans, changé les draps et jeté des brosses à dents inconnues chaque fois que je revenais de voyage, puis je l'ai quitté. Si la première fois que j'avais découvert son infidélité m'avait tant blessée, ce n'est pas parce que je suis particulièrement austère en la matière – je connais les hommes, et je connais la vie – mais parce qu'à ce moment-là mon cœur lui était ouvert et je faisais confiance à ses sentiments.

Enfin, encore maintenant, je n'ai aucune idée de ce que tout cela signifiait, pour lui comme pour moi, mais voilà, on commence par un grand amour et on se retrouve avec un grand chien. Parce que j'ai emmené Maya.

Quant à Iohann, la seule nuit que j'ai passée avec lui a été pour moitié soupirs d'extase, pour moitié râles de mortification. J'ai payé la première avec la seconde. Vaut-il mieux mordre la pomme une fois et ne plus retomber en tentation, refaire l'amour parce que cela ne change rien au fond, ou ne jamais y goûter ? Aujourd'hui nous sommes amis, Iohann et moi – de drôles d'amis, mais quoi…

Pour chacun de nous, le curseur de l'infidélité est personnel – et mouvant.

Une amie corse a failli tuer d'un coup de Perrier sur la tête son mari qu'elle adorait, le père de ses trois enfants, sur un simple soupçon.

La mère d'une jeune femme que je connaissais avait un jour convoqué le fiancé de sa fille et lui avait dit, Elle m'a appelée en pleurant parce que tu l'as trompée et tu le lui as avoué, c'est ça ? Le garçon avait acquiescé et la mère l'avait giflé deux fois : la première, c'était pour avoir trompé sa fille, la seconde parce qu'il ne le lui avait pas caché – coûte que coûte.

Je vais m'arrêter là. Revenons à Yann et Alexandre. Et à Maria.

64

Pourquoi ce rêve revient-il encore, pourquoi si souvent ? C'étaient de nouveau eux, avec leurs chemises blanches. D'un blanc aveuglant, craquante, amidonnée celle d'Alexandre, ouverte sur sa poitrine et retroussée sur ses avant-bras laissant ses poignets nus. Alexandre n'aime pas les montres, les bijoux. Si cela ne tenait qu'à lui, il vivrait sans habits, sans chaussures, sans rien. Mon mari est parfaitement à l'aise dans son corps.

La chemise de Yann était blanche également, mais d'un blanc froissé, délicat, transparent. De la couleur de ces papillons qu'on appelle piérides du chou. Fermée jusqu'au cou.

Je boitais de l'un à l'autre, les cheveux qui poussaient en duvet, comme après mon accident. Alexandre me disait méchamment, Ferme ta bouche, tes dents du bonheur mentent, ce n'est pas la joie que tu apportes, c'est la chienlit, c'est la terreur et la mort.

Yann se tournait vers moi avec un sourire cruel, puis se détournait et fixait Alexandre. Peu à peu son visage se figeait, je ne le reconnaissais plus, seule sa chemise gardait une apparence de vie, sous la toile je pouvais distinguer les tétons durs, dressés, et l'envie me prenait de les prendre entre mes lèvres et de les sucer, de le faire crier de plaisir, comment pouvais-je savoir que Yann aimait ça, je le savais pourtant, c'est ce qu'Alexandre comprenait soudain en venant vers moi, menaçant, les poings tendus. Je me suis réveillée avec une chanson dans la tête, *The Man I Love*. Loin d'être effrayée par mon cauchemar, je riais tout bas.

65

Entre un épisode et l'autre de son histoire, Alexandre m'avait un jour interrogée sur mon travail, Dites-moi, Allis, vous êtes très discrète lorsque vous parlez de votre métier ; vous savez pourtant que vous pouvez me faire confiance.

Outre le fait que je ne lui faisais pas confiance, jamais je ne disais à quiconque ce que je faisais vraiment. Comme d'habitude, j'avais répondu de manière biaisée. De toute façon, il était rare que les gens comprennent ce à quoi je passais mes journées et d'ailleurs, ce que je faisais n'avait pas vraiment de nom. Pour faire bref je répondais toujours, Chargée de mission pour des hommes politiques. S'il arrivait que quelqu'un insiste, je citais une phrase glanée dans un livre de Régis Debray, « Toi qui sur le néant en sais plus que la mort, champion toutes catégories du caduc, agrégé en toc et précaire, lauréat du fumigène, je te rends l'hommage. En me berçant de vanités, tu m'as désabusé des miennes. » Personne ne me questionna jamais sur la provenance ou l'auteur de ces mots. Ça me permettait d'avoir la paix.

Les livres, les idées sont toute ma vie. Trouver les dates, suivre les liens, remonter l'info, a longtemps été mon métier. Je suis obsédée par ce que l'on a appelé l'ange de l'histoire : pour moi, les faits se cognent les uns dans les autres, se mettant en relation entre eux par effraction. C'est ainsi que l'histoire devient visible, ainsi qu'elle m'*apparaît* à travers les événements et les occurrences du monde, ce champ de décombres en sédimentation. Je tire des indices qui, reliés, dessinent un schéma lisible. De la même manière, le savoir, métaphore et lieu sensible, se mue en représentation, invention tangible sujette à interprétation, allégorie – et compréhension. J'aime débusquer les fils rouges, je suis rompue à ça. Dans la coulisse, pendant des années, je suis remontée à la source des mots – des mots et du pouvoir. Jusqu'au jour où le dégoût m'a submergée.

Si les gens comprenaient le fonctionnement des banques, la complicité des politiques, les manigances et les subterfuges, la manière dont l'argent circule dans les cercles du pouvoir, ce serait, demain, la révolution. Mais comprendre, penser, demande du temps, d'autant que les idées se font de plus en plus complexes. Le temps c'est de l'argent, et la pensée, une denrée négociable en minutes de publicité. Qui, de nos jours, à part les banquiers – les banquiers, pas les employés de banque –, les agents de change, les économistes, les traders, et bien entendu les spéculateurs, sait comment marche l'économie ? Ça fait beaucoup de monde, et en même temps trop peu. Voilà où, de nos jours, vient achopper la pensée – notre pensée : aux distributeurs de billets. Au cash exprès.

Oui, je suis une révoltée. Une révoltée solitaire, bougonne et casse-pieds. Pourtant, j'étais bonne dans mon rôle. Une plume, ça se travaille. Une plume, c'est parfois les idées qu'un homme politique affiche, et que l'on a affinées dans l'ombre jusqu'à les rendre intelligibles au plus grand nombre. Jusqu'au moment où vous vous rendez compte que vous êtes un rouage qui fonctionne à l'inverse de vos convictions, de vos rêves. Là, il vous reste deux choix : vous faire payer de plus en plus cher et oublier vos idéaux, ou lâcher prise et tirer votre révérence.

Je ne suis pas d'accord. I would prefer not to.

J'ai tiré ma révérence, je suis partie.

66

Il y a toujours un moment où on a le choix. Parfois on se rend compte que notre vie en sera changée, mais d'autres fois on ne voit même pas à quel instant ça dérape. Parfois la décision semble s'imposer d'elle-même, mais le plus souvent, on reste des nuits entières à balancer entre les options qui se présentent à nous. Il arrive qu'on se dise qu'on va mettre juste un doigt dans l'engrenage et le retirer vite. Il arrive qu'on croie avoir le temps, puis l'instant file et c'est déjà trop tard.

Yann devait représenter un entrepreneur qui s'était révélé incapable de faire face à un très gros prêt accordé par sa banque. Lorsqu'il avait commencé à rater les remboursements, l'établissement bancaire avait hypothéqué tous ses biens, y compris la rente de sa mère. Au bord de la faillite, déjà presque à terre, cet homme avait eu un sursaut de rébellion. Son dossier avait été monté à la hâte et non homologué en haut lieu, sans que l'on sache s'il s'agissait d'une distraction ou d'une volonté précise du chargé du compte, et l'entrepreneur se retourna contre le coupable de cette légèreté. Sauf qu'à l'époque, en plein milieu des années quatre-vingt-dix, cela ne se faisait pas. Yann, qui avait accepté l'affaire, s'était rendu à la banque de son client, le cœur battant, pour un premier entretien. Cinq avocats bien plus âgés et aguerris que lui l'y attendaient. Il s'était battu et avait gagné sans passer par le tribunal, une simple négociation où il avait joué sa partie avec l'implacabilité qu'il mettait en toute chose avait suffi. Les dettes de son client avaient été effacées à quatre-vingts pour cent. L'un des avocats de la banque avait été viré, un autre avait pris sa place. Lui.

67

La jeune Allis qu'Alexandre a connue en 1978 avait tout quitté à l'époque sur un coup de tête, un coup de cœur qui avait failli lui être fatal. Déjà, le mauvais choix de mes amoureux…

J'avais passé l'été et l'automne 1979 en Angleterre. Thatcher venait d'être élue Premier ministre, et les images de son brushing en limaille et l'écho de ses discours – coupes budgétaires baisse des impôts désengagement de l'État dans les secteurs de l'industrie politique monétaire « raisonnable » – sont encore présents, tout frais dans mon esprit. Car c'est là que ÇA a commencé.

Tout voleur a une excuse, tout homme et femme politique en a plusieurs. L'aléa moral de nos politiciens est une rigolade : confiez-moi votre destinée et j'en ferai quelque chose dont, en fin de compte, je me déclarerai innocent, et que l'histoire jugera selon ses courbes de valeurs. Autant dire que personne, au fond, ne prendra la peine de proscrire tout à fait mon action ; le présent du pouvoir a plus de force que le jugement de l'histoire.

Les ambivalences du système nous donnent tous les prétextes pour échapper à la réalité : condamner la société de consommation ne fait que créer de nouveaux segments sur le marché qui soutient *in fine* ladite société de consommation. Par bêtise, stupidité ou confiance mal placée, nous recommençons sans cesse la même erreur en espérant un résultat différent, car nous sommes distraits et fatigués, nous avons mal aux pieds d'être restés debout dans le métro, nous avons mal digéré, notre travail ne nous plaît pas, nous ne sommes pas heureux, nous aimerions qu'on nous dise quoi faire mais ça, personne ne le sait.

En 1980, Reagan est devenu le quarantième président américain. Il a commencé par privatiser l'acier, l'eau, l'électricité, le gaz, le pétrole, il a clamé que le profit était la base de négociation et la libre concurrence sur le marché, la démarche normale et sensée d'un État.

Les deux, Thatcher et Reagan, ont remis le peuple au travail, vieille lune qui ne meurt jamais. Ils ont bien fait. On aurait moins le temps de cogiter.

En 1981, big bang de l'économie et début du capitalisme hard. Avant Thatcher, un chef d'entreprise du Royaume-Uni gagne 10 fois plus qu'un ouvrier. En 2005, 100 fois plus. Avant Reagan, un P-DG américain gagne 43 fois plus que son employé, après, 400 fois plus.

Au quatre-vingt-dixième anniversaire de Milton Friedman, l'un des économistes préférés du néolibéralisme, Donald Rumsfeld, secrétaire à la Défense des États-Unis, a fait un discours. « Les chocs sont salutaires, bénéfiques et profitables aux pays. Des grandes crises économiques naissent les mondes nouveaux », a-t-il proclamé.

C'est vrai, ai-je pensé. La Grande Dépression a favorisé et permis l'arrivée de Hitler au pouvoir. Pour un monde nouveau, c'était réussi. Le discours de Rumsfeld s'est terminé par ces paroles, « Milton, ce grand homme, cet ami, est le meilleur exemple que les idées ont des conséquences. »

On avait donc, Rumsfeld et moi, la même confiance dans les idées. Dommage que celles-ci ne soient visiblement pas au service des mêmes buts.

Jisei

Sois maudit, je te maudis, ça veut dire quoi, dis, Alexandre ? Tu n'as rien compris, vraiment ? Tu ne m'as pas vu toutes ces années courir après ma vie alors que tu vivais la tienne, ta femme tes enfants ta maison tes maîtresses tes heures chaudes et douces – et moi ? Tu ne m'as pas vu claquer des dents, terrifié, transi, grelottant à côté de toi, dis, mon frère, pour qui tu m'as pris ? Superman ? L'homme-araignée ? Pourquoi tu m'as largué, j'avais besoin de toi, tu m'as lâché, abandonné, c'est moi, c'est Yann, t'en souviens-tu ? Quand as-tu cru que je pouvais m'en tirer tout seul, quand est-ce que tu m'as laissé tomber ? Mais t'en souviens-tu, nous avions pleuré tous les deux cet après-midi-là au cinéma, Légendes d'automne *ça s'appelait, c'est la guerre, l'un des frères, l'aîné, ouvre la poitrine du petit qui vient de tomber sous les balles et lui arrache le cœur pour l'apporter à leur père et l'ensevelir dans leur terre natale, nous aurions pu parler ce jour-là, pourquoi tu as esquivé, plaisanté, Un bon gros mélo, non ?, pourquoi je t'ai laissé faire, pourquoi tu m'as regardé, à nouveau, m'éloigner ? Qui de nous deux a trahi le premier ?*

les feuilles les branches courant sur l'eau filant disparaissant dans un moulinet plus loin, qu'ai-je fait et pourquoi, enlever mes chaussures, les laisser au bord, pieds nus sauter de haut fermer les yeux mon cœur bat trop vite trop fort mes yeux s'ouvrent je ne vois rien, c'est l'eau, non, des larmes, j'avais oublié, mais pourquoi, comment, qu'ai-je fait, ô mon Dieu, pourquoi, pourquoi Alexandre est entré après qu'elle est sortie, elle a hurlé dans l'escalier et il est arrivé comme un fou, c'est ça le sang qui goutte, c'est pour ça, dans la cuisine le salon la chambre aussi, sur les draps, pourquoi les draps, Maria n'aime que les draps blancs c'est une manie, blancs très blancs, elle passe des heures à regarder les draps tourner dans la machine, ça la calme, Maria est partie, Alexandre est parti, qu'a-t-il dit, je te maudis, tu n'es plus mon frère, mon frère, Alexandre, je te maudis, il est parti, elle lui a fait de beaux enfants et moi mes enfants ils sont où, pas d'enfants, Manon est partie Maria est partie Alexandre m'a maudit ôter mes chaussures pieds nus sauter dans l'eau fermer les yeux entrer dans l'eau pieds joints violence caresse je sais l'eau diaprée de l'été ciel poudré soir éclaboussé brillent dans le sable blanc les parcelles de mica dernier soleil dans les trous des loutres Gustave n'est jamais revenu je n'ai rien retrouvé pas même son collier toutes ces années j'ai attendu un signe et prié, prié le silence, cherché au creux des arbres sur le sentier lavé par les pluies toutes ces années personne ne savait, je revenais, l'eau et le sable la cabane qui j'aime qui j'ai aimé maman aide-moi tu es où je suis seul je suis perdu

68

Yann avait pris ses nouvelles fonctions au sein de la banque au milieu des années quatre-vingt-dix. J'ai eu mon premier poste quasiment au même moment. Je me dis que j'aurais pu le rencontrer partout, dans la rue, dans un bus ou au restaurant. Qui sait l'impression qu'il m'aurait faite, qui sait si j'aurais été séduite par lui, par cette intelligence contrariée, sa dureté et sa fragilité, par son regard mélancolique dissimulé derrière ses grosses lunettes, sa fausse nonchalance, sa tristesse, sa vulnérabilité. Sa virilité, sa beauté. En fait, je ne l'ai jamais connu. Je n'ai vu que les photos qu'Alexandre m'a montrées.

René Glayman, son patron, l'avait mis en garde avant de le laisser partir. Il lui avait dit que le diable tente ceux qu'il convoite le plus en leur octroyant le succès. Il les piège en leur donnant les moyens de faire ce qu'ils réussissent mieux que les autres, et les entraîne avec lui par leurs plus belles victoires.

Yann, à l'époque, défendait une Mauricienne clandestine qui avait été arrêtée en allant dénoncer son compagnon après un énième passage à tabac. Dans le parloir, elle lui avait expliqué qu'elle essayait de protéger ses enfants. Elle s'était rendu compte, après s'être longtemps caché la vérité, qu'il les violait et les terrorisait pendant qu'elle faisait le ménage chez ses patrons. Elle lui avait dit les coups, l'argent volé. La honte. Menacée d'expulsion, elle n'avait pas eu le courage de faire face. Elle s'était suicidée en prison. Yann avait été submergé par son impuissance et déconcerté par ce que dans sa rage il avait trouvé d'amour-propre.

Cela avait été sa dernière affaire avant de passer de l'autre côté.

En quelques mois, Yann était devenu membre du comité exécutif de la banque au sein de laquelle il avait commencé en tant que juriste. Le président, un Anglais qui aimait les chevaux et les femmes – dans cet ordre – en avait fait son confident. Sous sa houlette, Yann s'était retrouvé en première ligne pour régler des montages juridiques risqués. Le président lui faisait une confiance aveugle, lui déléguant les décisions à prendre et le laissant même signer à sa place, car ses pouliches lui prenaient de plus en plus de temps.

À l'époque, Yann voyait beaucoup son ami François-Xavier, déprimé par un deuxième divorce qui traînait en longueur et risquait de le mettre sur la paille. En 1995, Chirac avait été élu, et François-Xavier avait été nommé sous-secrétaire au ministère des Finances.

Deux ans après, avec son aide, Yann avait évincé le président de la banque et pris sa place.

Certains moines japonais écrivent un « poème de mort », un *jisei*, juste avant l'agonie, afin de transmettre à leurs proches une ultime pensée. Pour moi, Yann en a écrit le premier mot le jour où il s'est assis dans le siège laissé vacant par son prédécesseur.

69

Le soir du dernier réveillon des années quatre-vingt-dix la tour Eiffel scintille de tous ses feux dans l'air froid et pur. On a dû changer les ampoules grillées et les remplacer par d'autres plus éclatantes, car jamais elle n'a autant brillé. Vue des Buttes-Chaumont, elle semble toute proche. Un bijou, un jouet précieux.

Alexandre, Maria, Yann et sa belle amie boivent du champagne, les bras entrelacés, avec éclaboussures et rires. Alexandre a cinquante-trois ans. Ses cheveux sont givrés en surface, sombres en dessous. Il est en manches de chemise, une chemise lilas ou mauve, sûrement un cadeau, ce n'est ni son goût ni celui de Maria. Le troisième bouton a sauté, laissant entrevoir quelques poils grisonnants. La peau du cou est une eau à peine froissée par une brise légère. Le temps.

Maria a cinquante-deux ans. Ses cheveux longs sont attachés, de sa natte flottante se détachent des mèches dont on ne sait plus si elles sont très blondes ou blanchies. Dans son visage les yeux noirs, lumineux, sont encore ce qui marquerait le plus ceux qui la verraient pour la première fois. Les pommettes sont moins impérieuses qu'autrefois et de fins coups de griffe sillonnent son front et ses tempes. Sur celle de gauche bat une veinule bleu pâle qui se perd en serpentant dans le duvet doré. Des cernes estompent son regard, assombrissent son beau visage las, vallée des larmes creusée. Maria est plus lourde qu'autrefois, flancs empâtés, fesses serrées dans une jupe trop étroite. C'est encore elle, mais ternie. Fatiguée.

Yann, à cinquante ans, est le plus jeune des trois. Ce soir il est ivre, sa raideur coutumière a disparu à mesure que l'alcool se mêlait à son sang. Ses sourcils fauves sont plus ébouriffés que jamais. Exubérant, démonstratif, il ne cesse de chahuter. Alexandre revoit son petit frère enfant, espiègle et rieur, faisant des blagues à leur mère, courant dans le jardin une canne à pêche à la main pour attraper le chat. Avant que leur père meure. Avant cette journée au cimetière qui est comme une pierre entre eux.

La compagne de Yann a un âge quelconque entre vingt-cinq et trente-cinq ans. Elle zézaie, minaude, doute d'elle, ne termine pas ses phrases, contrainte, empruntée. Elle ne comprend pas, ne peut pas saisir, cette beauté lisse et polie, ce qui lie ces deux hommes et cette femme. Sa place n'est pas entre eux, qui d'ailleurs font à peine attention à elle. Elle le sent – et se tait.

Et puis c'est le compte à rebours, les quelques secondes qui les séparent de l'an 2000 passent en un frisson violent, les baisers sont cuisants, imprécis, un nouveau bouchon saute, le champagne mousse et se répand sur les vêtements. Le magnum passe de main en main et de bouche en bouche, mouillant les doigts, trempant les manches, arrosant les poignets et les visages échauffés, mais tout le monde s'en fiche en ce moment, le dernier moment de bonheur dont on se souviendra.

70

Maria et Alexandre, un jour d'automne, avaient été invités à un dîner « couche-tôt » chez Yann. C'est Alexandre qui me l'a raconté un soir où il avait beaucoup bu – ses bonnes résolutions n'avaient pas duré longtemps. Ce dîner s'était terminé par une querelle, pas la première d'après lui. Yann avait démarré fort, avec ce ton péremptoire qu'il avait adopté depuis quelque temps :

— La vérité judiciaire est le résultat d'une construction qui ne correspond jamais à la vérité absolue. D'ailleurs, qu'est-ce que la vérité absolue ?

— Qui veut un peu de whisky ?

— Moi, merci, Maria. Et un glaçon, s'il te plaît.

— Dis donc, Alexandre ! Tu mets des glaçons dans mon cask strenght, mon brut de fût ? Pourquoi pas du Coca tant qu'on y est ?

— Oh, ça va. Crime de lèse-boisson, maintenant ! Calme-toi et explique plutôt quelles raisons t'ont poussé à accepter cette affaire. Car personne ne m'enlèvera de l'esprit que la vérité n'a pas gagné. Ce qui a gagné, c'est la démonstration – brillantissime, au demeurant – que tu en as faite.

— Vous voulez bien arrêter de vous chamailler ? Yann va rater ses pâtes si ça continue.

— Ne t'inquiète pas, Maria, la situation est sous contrôle.

— Explique-moi ce que tu es en train de faire.

— Alors voilà, j'ai amalgamé au fond du plat de service une grosse noix de beurre de truffe blanche et du très bon parmesan – que j'ai râpé grossièrement pour ne pas le réduire en poudre. Quand les fettuccine seront cuites, je les égoutterai en laissant une louchée d'eau dans la casserole. Ensuite je mélangerai le tout et ajouterai l'eau chaude pour que les pâtes ne collent pas. À table je te passerai la mandoline avec la grosse truffe d'Alba, et ce sera à toi de jouer.

— Quelle simplicité !

— Tout ce qui est bon est simple. C'est la justesse des choses qui en fait la beauté.

— Oh, eh ! le philosophe ! Ça coûte combien, une truffe comme ça ?

— Peu importe.

— … Et elle pèse… quoi… 30 grammes au moins, non ?

— Bon, puisque tu insistes. Elle fait 35 grammes, et ça coûte 7 500 euros le kilo.

— Ce qui nous fait… Et puis non, je ne vais pas calculer, ça va m'ôter l'appétit… Tu ne m'as toujours pas répondu. Explique-moi pourquoi tu es monté au créneau comme ça durant la dernière affaire.

— Fous-moi la paix, Alexandre. Tu es un dinosaure si tu n'as toujours pas compris ce qui se passe.

— Dis-le-moi toi, monsieur Je-sais-tout. Explique tout ça à ton grand frère, ce bourrin.

— Ce qui se passe, c'est que malgré les boniments des politiciens, ce n'est pas la démocratie qui prime mais l'argent, pas les nations mais leur économie, pas les peuples mais les PIB, pas le bien commun mais le marché commun. Il faut savoir reconnaître les faits. Ce n'est qu'au prix du réalisme qu'on pourra sauvegarder la paix dans le monde. Ou ce qu'il en reste.

— Tu es resté dix ans aux États-Unis, mais vraiment, on dirait que tu y es né ! Et pas du bon côté. Villon, « Frères humains », ça ne te dit rien ? Tes bonnes vieilles racines françaises ? La Révolution, tiens ?

— Je t'emmerde.

— … Tu avais déjà défendu des gens qui avaient commis des crimes odieux, mais tu l'avais fait parce qu'il le fallait, parce qu'il n'y a pas de justice sans défense des droits de l'individu. Il m'a fallu un moment pour m'y faire, mais, tu vois, même un prof de lettres peut comprendre ça. Ce que tu viens de faire est différent. Tu t'es rangé du mauvais côté, mon pote !

— Quoi ? Les riches contre les pauvres, le profit contre le bonheur, l'économie contre l'humain ? Ce n'est pas un peu réducteur, ça ? Même pour un prof de lettres ?

— Et comment donc ! Beau résumé, bravo. Le 11 Septembre, ça a fait le bonheur de pas mal de monde, du bonheur sous forme d'armes et de sodas vendus en Irak. Ça s'appelle, que tu le veuilles ou non, le capitalisme du désastre. Et les banques, notamment celle pour laquelle tu travailles, ne sont pas particulièrement regardantes là-dessus. Si tu vois où je veux en venir.

— Donne pas trop dans le Naomi Klein et le Michael Moore, frangin. C'est complètement manichéen, ton raisonnement. Les choses ne sont pas toutes noires ou toutes blanches…

— Oh non, il y a les zones grises, je sais… Ce n'est pas comme ça que Primo Levi appelait cette rive obscure entre les victimes et les bourreaux, dans les camps ? Et en langage juridique, ce n'est pas ce qui permet de trouver des arguments pour justifier des mesures illégales ?

— Magnifique plaidoirie ! Bravo !

— Vous allez arrêter, tous les deux ? Vous avez quel âge, là ?

— Putain, mais dis-moi, Yann, après le 21 avril, entre Chirac et Le Pen, t'as voté qui ?

— Si tu crois encore que je vote…

— Oh non, je ne le crois pas. Tu voles bien au-dessus de tout ça, toi, bien au-dessus de ce misérable espoir que nous avons, nous, gens ordinaires, d'influer un tant soit peu sur les choix de la société par notre vote. L'idée de la République, ça date des cavernes, hein, Yann, redis-moi ça, pour que je sois bien sûr une fois pour toutes que t'es vraiment devenu un gros con…

— Bon, maintenant vous avez dépassé les bornes. Stop ! Tous les deux ! Ou je m'en vais !

— Tu ne veux pas goûter mes pâtes, Maria ? Elles sont presque prêtes…

— J'ai perdu l'appétit… Où vas-tu, Alexandre ?

— Moi non plus je n'ai plus faim. Tu viens ? Il n'a qu'à rester tout seul dans son trois cents mètres carrés, il y fera du patin à roulettes.

— Mais attends… Yann ne voulait pas… Il n'est pas comme ça, tu sais bien…

— Reste avec lui alors. Puisque ce genre de discours ne te fait rien…

— Attends-moi.

— Non. J'en ai marre de vous… de tous les deux. L'un qui pérore, l'autre pomme qui opine du chef, avec des yeux comme des soucoupes, Oh ! des truffes d'Alba, Oh ! du brut de fût… Vous êtes faits pour vous entendre, va. C'est marrant, quand même, comme les femmes sont complices de ce système dès qu'il s'agit de pognon…

— Là, tu pisses à côté du pot de chambre, mon frère. Elle ne t'a rien fait, Maria.

— Tu es content de toi, Alexandre ? Tu as tout cassé, l'ambiance, la soirée, tout. Qu'est-ce qu'il y a ? Tu es jaloux de Yann, maintenant ?

— Jaloux d'un traître ? Tu veux plaisanter ?

— Waouh, de quel pupitre vient le prêche ! Maria, bouche-toi les oreilles, je vais dire des choses que je m'en voudrais que tu entendes.

— Surtout pas. C'est moi qui m'en vais. Vous pourrez vous raconter vos petites saletés en vous fourrant les doigts dans le nez… Vous avez dix ans à tous les deux.

— Non, Maria, toi tu restes.

— Je fais ce que je veux.

— Tu restes, j'ai dit. Tu manges ses pâtes superchères. Tu consoles ce petit chou incompris. C'est moi qui me casse. Tu sais quoi ? Vous me dégoûtez, tous les deux. Quelqu'un qui ne condamne pas acquiesce, Maria. Allez, salut.

Une fois qu'Alexandre eut terminé de me narrer cet épisode, il se tut. Quelques minutes après, il ronflait. Encore une nuit qu'il allait passer sur mon canapé. Une nuit de plus sans Maria, à ignorer où elle était passée.

71

J'ai cherché dans le dictionnaire la définition du mot trahir :

TRAHIR (v. tr.) latin tradere « livrer » 1. Abandonner son camp, passer à l'ennemi. 2. Révéler, manifester involontairement. 3. Signaler qqn comme coupable. 4. Abuser par une tromperie. 5. (littér.) Indiquer, révéler, laisser supposer (qqch à propos de qqch) (ex. son accent trahissait une origine slave). 6. (fig.) Ne pas respecter un serment, un engagement ; révéler un secret.

Quelle est la différence entre trahir et tromper ?

TROMPER (v. tr.) 1. Abuser par une tromperie. 2. Induire en erreur volontairement, faire croire faussement. 3. Être infidèle à son conjoint. 4. Échapper à, déjouer. 5. Faire oublier

Lequel, de Louis ou de Iohann, mes deux derniers amoureux, a trahi ? Et lequel a trompé ?

Louis, qui m'a laissée pleurer des nuits entières à cause de maîtresses aussi éphémères que des papillons ?

Ou Iohann, qui a rompu son serment d'exclusivité à la femme qu'il aime depuis des années mais qui ne saura jamais qu'il est tombé dans mon lit, et pour laquelle rien n'a changé depuis ?

Henri-Pierre Roché, qui s'y connaissait en infidélité, disait : « C'est ce que ressentent nos amants, nos maîtresses, qui nous rend jaloux, pas ce qu'ils font. »

Selon lui, donc, c'est le corps qui trompe, et le cœur qui trahit.

72

J'ai rencontré une seule fois Maria. Tout habillée de noir, sa longue chevelure claire dissimulée par un foulard, noir également. Les jambes voilées de gris étaient parsemées d'un duvet blond soyeux, on le devinait à travers ses bas, c'est le genre de femme qui en met toujours, ou alors c'est un fantasme que j'ai eu, un de plus, qui sait ?

C'était donc elle. Cette femme pour laquelle les hommes vivent et meurent. Une femme qui, non contente d'être belle, porte en plus le poids de l'interdit, marquée au fer rouge par la passion et la tragédie.

Je l'ai étudiée ce jour-là. Mince dans son tailleur cintré, droite sur ses talons hauts, yeux cachés par de grosses lunettes noires. Blessée et seule. Je me demandais pourquoi Alexandre m'avait raconté qu'elle avait beaucoup perdu de son éclat, pourquoi il m'avait dit qu'elle s'était laissée aller, qu'elle n'était pas soignée, qu'elle avait grossi. Peut-être s'était-elle nourrie de violence, peut-être dans son amour nouveau s'était-elle régénérée. Aujourd'hui elle était là, éblouissante et solitaire au milieu de la foule. Même ses fils, de jeunes hommes bien habillés, un peu hautains, un peu froids, l'évitaient.

Lorsqu'elle a remarqué que je la fixais, elle a vaguement secoué la tête. J'étais sûre qu'elle connaissait mon existence. Nous n'avons eu droit qu'à cette seule rencontre, mais nous ne le savions pas.

73

Maria cette nuit-là, sur l'île de Melrose… Oh oui, Yann savait parler, les mots dans sa bouche étaient des plumes de cygne, des caresses qui n'en finissent pas. Des bistouris. Il lui avait redit ce qu'elle savait déjà, qu'elle ne serait pas heureuse avec son frère, que sa vie était toute tracée, épouse de prof, deux ou trois enfants, un boulot qui ne lui conviendrait pas, ou pire, femme d'intérieur, les livres pour tout horizon, pas de grandes envolées, pas de rêves, une petite vie, enfin, déjà définie. Déjà finie, avant même de commencer. Elle n'avait pas dit non quand il avait étalé le monde à ses pieds, Mon ange, tout sera comme tu le veux, tous tes désirs exaucés, des *first class*, des îles désertes, des diamants et des perles comme s'il en pleuvait, des robes sur mesure, des soies de reine, des velours et des damas si c'est ainsi que ça s'appelle, et tout mon amour, celui qui rime avec toujours, tu le sais que tu t'es trompée. Viens.

Viens, le mot le plus utilisé dans le langage d'amour.

Et quand Yann s'était mis debout devant elle, en maillot de bain, et avait posé la main de Maria sur son sexe, elle avait sursauté. Elle, qui n'avait vu nus que son mari et ses enfants, avait pris peur. Parce que sous l'étoffe tendue, le sexe de Yann était plus épais, plus lourd, plus raide et plus effrayant que tout ce qu'elle avait connu jusque-là. Elle avait retiré sa main comme si elle s'était brûlée à la flamme du gaz, et Yann en avait été interloqué. Ensuite elle s'était retournée, avait pris sa serviette et était sortie. Yann l'avait suivie.

Ce n'était que le soir, au lit, que Yann avait à nouveau posé la main de Maria sur son sexe. Cette fois-ci elle était restée immobile. Elle allait dire oui. Oui à une nouvelle existence, qui lui ressemblerait. Oui à cet exclusif, à cet absolu sans jalousie, sans regrets.

Pendant plusieurs jours, inoubliables et inoubliés, sur la plage, dans la pinède, le matin tôt, la nuit sous la lune, au milieu des vignes, sur les rochers battus par les vagues, sous la pluie tendre de septembre, sous le soleil de midi, dans leur lit aux draps si blancs, Yann avait essayé de bander. Maria avait attendu, fait tout ce qu'elle pouvait. Sans succès. Yann n'y arrivait plus. L'amour sans bander, ça ressemble à quoi ? Maria était rentrée chez elle, à Paris.

Son test de grossesse s'était révélé positif. Elle était enceinte de trois mois déjà. Alexandre avait été heureux à en crier.

And you treated my woman to a flake of your life / And when she came back she was nobody's wife. « Et tu as octroyé à ma femme un flocon de ta vie / Quand elle est rentrée, elle n'était plus la femme de personne. »

Alexandre aussi avait cette chanson en tête quand il m'a raconté tout ça. Il se souvenait exactement de l'époque où Maria la chantonnait tout le temps. Il se souvenait exactement du moment où elle avait cessé de le faire.

« Et qu'est-ce que je peux te dire, mon frère, mon assassin, / Qu'est-ce que je peux bien dire ? / Je suppose que tu me manques, je suppose que je te pardonne. »

Alexandre se souvenait de tout.

75

La Clède d'autrefois avait laissé place à une somptueuse cabane en bois, verre fumé et métal chromé. L'éboulis de rochers était au même endroit, la rivière coulait plus verte que jamais et les galets blancs sous les cascades, plus creusés que trente ans auparavant, glissaient toujours sous les pieds. C'était l'esprit des lieux qui avait changé. Yann avait acheté non seulement l'endroit où les deux claies avaient été bâties, mais toute la colline qui, désormais, ceinte par de hauts murs de pierre, hérissée de projecteurs qui s'allumaient la nuit si on essayait d'y pénétrer, était sa propriété exclusive. Parfois quelqu'un descendait la rivière en canoë, parfois un promeneur, un bâtisseur de cairns, un hippie de la première heure y plantait une tente, un bivouac. Ça ne durait pas longtemps. Yann avait conclu un accord avec un sale type du coin, une sorte de caïd qui, en échange d'un peu d'argent, tenait les badauds à distance.

Tout le périmètre avait été clôturé. Yann disait sécurisé.

Début septembre 2001, Maria y avait été conviée par Yann. Elle avait accepté. Alexandre, à qui personne n'avait parlé de cette escapade, n'était pas là. Depuis quelque temps, il assistait à des congrès réunissant des professeurs du monde entier, congrès qui avaient toujours lieu dans des villes d'art, un jour Florence ou Rome, un autre Amsterdam, Séville, et même Oslo. Alexandre en parlait comme de « moments de réflexion sur un travail en mutation dans un monde qui mue ». Maria haussait les sourcils, avec une indifférence de plus en plus marquée. Un jour de fin d'été où Paris était tout gris, elle avait pris le périphérique, sortie porte d'Italie, cap sur le sud. À Fontainebleau elle avait pensé à Bébé, vite chassé cette pensée qui faisait mal mais qui s'était représentée, opiniâtre, à Beaune puis à Valence, comme un chien qui revient plusieurs fois vous renifler, silencieux, avec une idée derrière la tête. Une idée que vous n'approuveriez pas.

Alors Maria s'était arrêtée sur une aire de repos, avait mis la tête dans ses mains et pleuré.

Pourquoi ces larmes ? À cause de sa sœur, morte depuis si longtemps désormais qu'elle ne se souvenait même plus de son visage ni de sa voix ? N'étaient-elles pas, plutôt, sur elle-même, ces larmes-là ? Sur ce qu'elle était en train de faire, et dont elle connaissait d'avance la portée ?

Tout au long de son voyage, Maria avait fait fonctionner ses essuie-glaces. À Valence, le ciel s'était dégagé. À Montélimar, elle avait baissé ses vitres et roulé toutes fenêtres ouvertes. À Vans, le ciel était bleu, le soleil éclatant. Elle avait retrouvé l'été.

76

Manon avait quitté la Clède le 27 juillet 1974, entre six et sept heures du soir. Gustave était parti en avant, avec son collier mais sans laisse, signe que Manon n'allait pas sortir du *wild*, comme elle disait.

Elle avait pris un sentier qu'elle connaissait bien, et qui serpentait vers le haut de la colline pour déboucher sur une large clairière circulaire, baignée du dernier soleil, où l'herbe était d'un vert humide et tendre, comme embrumé. De là, on pouvait embrasser le vallon entier, la rivière en contrebas, les quelques bâtisses abandonnées de l'autre côté de la vallée. Manon tenait par-dessus tout à sa solitude, cet état de fraîcheur et de réserve dont elle avait abandonné une partie à Yann. Parce qu'elle l'aimait, elle lui avait fait cadeau de ce bien, sa parfaite autonomie – et sa liberté.

À quoi pensait-elle en gravissant ce raidillon ombreux bossué de bogues de châtaignes, de racines et de gros cailloux ? Yann ne l'avait accompagnée là-haut qu'une fois. Pour la laisser seule maîtresse de ce temps qu'elle lui volait, ou par paresse, qui sait.

Gustave va de l'avant, comme tous les chiens qui se promènent avec leurs maîtres. C'est, dans leur brève existence, l'un des moments qu'ils préfèrent – avec le déjeuner. Mais Gustave est un chien encore jeune, et de temps à autre une piste de lapin ou d'écureuil tiède le fait sortir du chemin en aboyant. Peut-être est-ce cela que l'homme a entendu, les aboiements, ou alors il a guetté Yann et Manon à la rivière, où ils se baignent nus.

Est-ce qu'il les a espionnés ? Est-ce qu'il sait qu'ils vivent dans la cabane au milieu des bois ? Est-ce qu'il les a vus, ou entendus, faire l'amour ? Est-ce cela qui l'a énervé, mis en rage, excité ? Est-ce que, seulement, il a idée de ce qu'il va faire, ou est-ce que ça l'a pris comme ça, d'un coup, quand il a vu Manon ? Yann saurait de combien d'années de prison se paie un assassinat avec violences volontaires ayant entraîné la mort sans l'intention de la donner, un homicide involontaire, un meurtre non intentionnel ou une négligence criminelle. Il sait parfaitement à quoi s'en tenir, car il connaît on ne peut mieux les nuances entre l'inéluctable, l'évitable, l'éventuel. L'instant où ça bascule, et la zone grise. Aurait-il envie de défendre un tel individu ? Les mots sont mal choisis : accepterait-il de le faire ? De lui éviter la perpétuité en invoquant de graves problèmes émotionnels, des traumatismes de l'enfance qui l'enverraient plutôt en hôpital psychiatrique ? Mais s'il rencontrait un jour cet homme, s'il savait sans l'ombre d'un doute qu'il s'agissait du tueur, Yann ne céderait-il pas plutôt au désir de se faire justice tout seul ? Au nom de quoi résisterait-il ? Yann est un être civilisé. Il fait partie, sur l'échelle sociale, de ceux qui détiennent un pouvoir réel, de ceux qui sont du bon côté du revolver. Jouerait-il de son droit ou tomberait-il dans la loi du talion, plus loin encore, dans la bestialité des premiers temps ?

L'homme habitait peut-être ces bois avant que Yann y vienne. Peut-être en supportait-il la présence sachant que chaque séjour ne durait pas longtemps, qu'il n'avait qu'à attendre pour que l'intrus s'en aille. Alors, quand il lui a ravi sa femme, il n'a fait que reprendre possession de ce qui, dans son esprit, était son territoire – et ses biens annexes. Vieille règle du mâle dominant depuis l'origine des temps.

Manon marchait vite, un bâton à la main pour écarter les branches du chemin. Le crépuscule approchait, elle était partie plus tard que d'habitude, il fallait qu'elle se dépêche. Tout d'un coup, un bruit. Tout près. Ç'aurait pu être n'importe quel animal dérangé par sa présence. Mais elle avait eu peur. Gustave l'avait fixée, intrigué, lorsqu'elle s'était baissée pour lui caresser le museau. Elle avait fait demi-tour. Avait lâché le bâton. S'était mise à courir, le cœur qui battait trop fort, désordonné. Vite, très vite, elle serait dans les bras de Yann, à la lueur des dizaines de bougies qu'il allumait le soir pour le dîner. Il y avait toujours un peu de vin au frais dans un cruchon de terre cuite à demi enterré près de la rivière. Même si elle ne buvait plus depuis le début de sa grossesse, elle ferait une entorse ce soir, c'était sûr. Mais pourquoi cette peur, tout d'un coup ? Elle courait, la brise du soir était fraîche sur sa peau. La sueur coulait le long de son dos, entre ses seins. Gustave, qui n'y comprenait rien, croyant peut-être que c'était un jeu, courait aussi. Devant elle. Se retournant de temps à autre. Puis il s'était arrêté et s'était mis à grogner.

S'était-il jeté sur elle ? Ou l'avait-il hélée d'abord ? Manon avait-elle bloqué Gustave pour qu'il ne lui saute pas dessus ? Ou les choses s'étaient-elles précipitées ? Avait-il une arme ? Un couteau ? Avait-il blessé, tué, le chien, d'abord ? La femme, après ? Avait-il un fusil ? Et, si oui, Yann aurait-il entendu le coup de feu, alors qu'il préparait le dîner près du cours d'eau qu'il avait détourné à proximité de la cabane ? Non, il n'aurait probablement rien entendu. Même s'il y a eu viol. Même s'il y a eu torture. Tout a pris fin très vite. Juste la nature indifférente, avant et après. Une fois le silence retombé, un oiseau a dû s'envoler d'un fourré tout près, un nuage a filé, rose, sur l'horizon. Les feuilles dans les arbres n'ont pas cessé de frémir, les herbes se sont couchées sous les pas de l'homme, puis se sont redressées. C'est tout. Sur la colline il y a des ravines secrètes où l'eau coule et emporte jusqu'au cœur de la terre ce qu'on lui confie. Manon et Gustave ont dû rallier ce monde des profondeurs, à jamais ténébreux.

N'allons pas plus loin dans l'abîme. Le bonheur n'est jamais donné, c'est une chance de le rencontrer et de le saisir. Pour Manon, la douleur, l'agonie, sont terminées. Pour Yann, le temps est resté pour toujours suspendu dans l'insoutenable attente d'un dénouement qui n'est jamais survenu, puisque Manon a disparu comme si elle n'avait pas existé.

La non-existence de Manon est pire que la mort, à mes yeux. Je ne la vois pas partir et ne plus jamais donner signe de vie. Je ne la vois pas tomber sans qu'on l'y pousse, et son chien avec, dans la rivière. Un corps, ça se retrouve. Je sais que Yann a dû imaginer la même chose que moi, et Maria, et Alexandre aussi.

77

Le groupe de « réflexion » d'Alexandre l'avait cette fois-là entraîné en Afrique, au Mali, dans un de ces endroits où trouver de l'eau pour se laver est plus difficile que commander un Coca. Dans la hutte principale il y avait un vieux fax qui marchait quand il marchait. Il marcha pour le malheur d'Alexandre un soir, tard, alors qu'il venait de fumer le contenu entier d'une pipe qui l'avait assommé. Après avoir passé l'après-midi sur la natte d'une collègue qui, depuis longtemps, le convoitait.

Alexandre aurait préféré l'une des jeunes négresses rieuses qui allaient et venaient dans le campement, portant des victuailles et allumant les feux, mais il s'était laissé faire, nonchalant et vaniteux, par la blonde camarade de la faculté.

Le fax venait de Maria. Alexandre en reconnut l'écriture, mais il lui fallut un moment pour comprendre la signification des mots. Son esprit restait à l'orée des signes, comme celui d'un enfant qui lit pour la première fois.

Quand tu reviendras je serai partie, Alexandre. Ne me cherche pas, laisse-moi. Je t'en prie. Je veux vivre ce temps qui me reste sans toi. Je t'ai donné ce que j'avais de meilleur. Comprends-moi, et accepte. Je n'ai besoin de rien, ne te demande rien d'autre que la liberté. Maria

78

Lorsqu'il en était arrivé là de son histoire, Alexandre s'était tu. J'étais restée sans bouger à l'écouter respirer profondément, comme quand on est plongé dans le sommeil. Des larmes coulaient sur son visage immobile, l'une après l'autre elles glissaient de ses yeux et venaient mouiller son menton sans qu'il fasse un seul geste pour les essuyer.

Depuis que je l'avais ramassé dans la rue, il avait repris quelques forces. Il avait pu rentrer chez lui et jeter ses vêtements à la poubelle pour en enfiler d'autres, propres et repassés. Mais il ne pouvait pas demeurer dans cet endroit que sa femme avait déserté, encore tout rempli d'elle. Les armoires étaient pleines de ses robes et de ses chaussures, les draps dans lesquels elle avait dormi gardaient l'odeur de sa peau et de ses cheveux. La maison avait toujours l'apparence d'un lieu habité. On avait l'impression que Maria venait à peine de sortir.

Alexandre était rentré du Mali par le premier avion, un vol qui avait coûté une petite fortune, car il ne restait plus qu'une place en classe affaires. Un mot sur la table de la cuisine disait, Brûle tout.

Il l'aurait fait volontiers, mais à la place il s'était écroulé.

Tout cela était arrivé deux semaines avant notre rencontre, semaines pendant lesquelles il avait erré, pleuré, déraillé, cherchant sa femme dans toutes les rues, tous les coins de Paris. Pendant tout ce temps il n'avait ni dormi ni mangé, ce qui expliquait l'état repoussant dans lequel je l'avais trouvé.

Après l'avoir tant bien que mal redressé, je lui avais loué une chambre d'hôtel près de chez moi, où il allait se reposer quelques heures lorsqu'il n'en pouvait plus d'arpenter la ville comme un possédé. Il venait chez moi en fin de journée et parlait, parlait, assis tout droit sur mon canapé, les yeux fixant le vide devant lui pendant que je remplissais son verre et essayais de lui faire avaler quelque chose de chaud. De temps à autre, il éclatait en sanglots, ces sanglots rauques qui font très mal parce que les hommes n'y sont pas habitués. Je ne lui prenais pas la main, ne m'approchais même pas de lui. Intouchable parce qu'écorché vif, si meurtri que même une caresse aurait laissé un bleu.

Il ne voulait pas voir ses fils. L'aîné, Julien, vivait en Écosse où il s'occupait d'un haras de chevaux de course, et l'autre, Grégoire, le plus jeune, organisait des randonnées dans les déserts du monde entier. Il leur avait parlé au téléphone, sans entrer dans les détails, et leur avait dit au revoir avant qu'ils posent des questions.

Lorsque je lui avais demandé où était son frère, où se trouvait Yann, il avait continué à fixer le vide et répondu, Je ne sais pas.

79

Comment Alexandre n'est-il pas devenu fou, ces jours-là, je ne sais pas. De Maria, on ignorait tout, personne ne l'avait vue depuis son fax envoyé au Mali, trois semaines auparavant. Quant à Yann, son portable était sur messagerie vocale. Son bureau vous informait, le cas échéant, que Me Laurents était aux États-Unis. Injoignable pour l'instant – sauf en cas d'urgence, bien sûr. En est-ce une ? avait poliment questionné la secrétaire. J'avais dit non et raccroché.

Alexandre m'avait suppliée de passer cet appel, Je vous en prie, Allis, tout seul je n'y arriverai jamais. Je m'étais exécutée sans que cela fasse avancer notre affaire, mais il ne m'avait pas pressée de rappeler le cabinet en avouant que oui, c'était une urgence, qu'il fallait tout de suite qu'on sache où était Me Laurents, que son frère avait besoin de lui à Paris. Qu'il soupçonnait des choses qui étaient en train de le tuer.

Je le comprenais. Alexandre passait à ce moment-là par des hauts et des bas. Des hauts pas très hauts, et des bas qu'il valait mieux ne pas approfondir. Il avait perdu quinze kilos et recouvré un corps de vieil adolescent. Je retrouvais dans son beau visage ravagé l'homme qui avait tant plu aux femmes. Je comprenais pourquoi.

Je ne suis pas tombée amoureuse de lui, et il n'y a pas eu de sexe entre nous, mais je me sentais très proche de lui. Proche de ses défauts et de ses qualités, de son égoïsme monstrueux, de sa tendresse, de son intelligence mais aussi de sa candeur en quelque sorte, de sa naïveté. Je ne lui avais pas posé de questions directes, sauf une fois, Ça ne vous gênait pas de tromper votre femme comme vous l'avez fait ? Il m'avait répondu, Je ne la trompais pas puisqu'elle le savait. Et puis, avec les autres, ce n'était pas la même chose, voilà. J'avais continué, Mais elle, Maria, a beaucoup souffert, non ? Il avait attendu avant de s'exclamer, La jalousie, c'est con. On voudrait sauvegarder quelque chose qui ne peut pas l'être, puisque dans ce domaine rien ne se prend, rien ne se garde jamais.

C'était à mon tour de me taire. Pourtant je me souviens d'avoir pensé, Si c'est ce que vous croyez, pourquoi souffrir alors comme vous souffrez ? Quand c'est à vous que ça arrive, le raisonnement de tout à l'heure ne vaut plus grand-chose, n'est-ce pas ?

Cette proximité entre nous ne signifiait pas compréhension de ma part. Cet homme qui toute sa vie avait pris ce qu'il voulait quand il le voulait, sans que les sentiments d'autrui n'entrent en ligne de compte, me sidérait. Alexandre était ce qu'il était, sans demi-mesure, sans regrets. Un homme qui, des femmes, n'avait jamais rien compris ; pire, sur lesquelles il ne s'était jamais réellement penché.

Une certaine routine s'était instaurée. Mon ancien professeur venait le soir, une fois ma journée de travail terminée, s'installait toujours à la même place sur le canapé, et racontait. La fac. Les premiers temps avec Maria. Bébé. Manon. La naissance des enfants. Le monde dans lequel il avait vécu. Son travail plus important dans sa vie que ce qu'il aurait cru au départ. Les livres qu'il avait aimés. Et encore Maria. Et encore Yann. Il n'en revenait pas d'être entré dans la décennie qui l'amènerait, fatalement, à avoir soixante ans. Si tout allait bien, ajoutait-il en ricanant. Pourtant, il n'était pas suicidaire. Il aimait la vie tout naturellement, simplement parce qu'elle avait été douce avec lui jusque-là, mais il ne savait se projeter dans un futur où sa femme ne serait pas à ses côtés. Son absence le consumait à petit feu.

Il pleurait beaucoup, parfois à deux ou trois reprises au cours de la même soirée. Une fois, pourtant, on avait ri aussi. Je lui avais cité cette réplique de je ne sais quel prince revenant des croisades à qui sa femme avait demandé, M'avez-vous été fidèle, mon ami ? Ce à quoi il avait répondu, Si souvent, ma chère, si souvent.

Ai-je dit qu'on était proches, aussi proches qu'une femme et un homme peuvent l'être sans baiser, et peut-être bien plus que la norme ne l'admet, justement à cause de cela ? Il y a une chose que j'ai tue. La raison pour laquelle je l'aidais, c'était sa douleur féroce, vraie. On est toujours étonné de voir qu'on peut mourir d'amour. C'est probablement cela qui m'a touchée.

80

Sois maudit, je te maudis, ça veut dire quoi, dis, Alexandre ? Tu n'as rien compris, vraiment ? Je suis ton petit frère, tu sais. J'avais tant besoin de toi. Tu m'as lâché.

Hier soir, quand tu as frappé à la porte, nous n'avons pas entendu. L'appartement est tellement grand, c'était déjà arrivé, pas la première fois que du fond on ne perçoit pas la sonnette, les coups. Nous étions dans ma chambre à la lumière des bougies, un dîner de rien, de pas faim, d'épuisement et de baisers brûlés, champagne et caviar, elle aime ça, tu sais. Avec toi, elle n'en a pas eu assez. Pour les autres femmes, en revanche, de quoi n'as-tu pas été capable, frangin ?

Nous avons mangé, nous avons bu, nous avons refait l'amour, d'abord vite, violemment, ensuite plus doucement. On dirait que nous n'en avons jamais assez. Nous nous sommes endormis à l'aube. Pas tout à fait la nuit, pas le jour non plus. Terrés là depuis quatre semaines déjà, nous ne savons plus où nous en sommes de la journée. Nous dormons. Nous rêvons. Nous nous taisons. Elle peut rester une heure avec mon sexe dans sa bouche, juste comme ça, à moitié assoupie.

J'ai été terrassé par le sommeil entre ses cuisses, ou couché sur elle, mon visage sur ses seins, ou par terre, à ses pieds. Nous nous disons qu'il faut bien que ça s'arrête, qu'on ne peut pas continuer ainsi.

On en sourit de ne presque plus avoir de corps alors qu'il est si présent, si réel, si affamé, on s'étonne de n'avoir envie de rien d'autre, une gorgée de vin, un grain de raisin nous durent deux jours, de l'eau, ça oui, la bouche toujours sèche, et plus de salive du tout.

Tu m'as maudit, Alexandre, et pourquoi ? Tu ne savais pas que je la voulais, que je l'ai attendue toute ma vie ? Tu as hurlé. Tu m'as mis ton poing dans la figure, des coups de pied. Tu as recommencé, C'est ma femme, ma femme, tu entends ? Tu n'as pas le droit.

Mais Alexandre, tu t'en rappelles ? C'est moi qui te l'ai présentée ! Et c'est toi qui l'as baisée. Tu me l'as prise pour rien, pour jouer. Je n'ai pas eu de chance, n'est-ce pas ? C'était chez moi qu'elle venait, le jour de l'accident. Elle te quittait. Elle me l'a dit. Et après, ton premier enfant, il s'est manifesté à point nommé, dis-moi. Juste au moment où, à nouveau, elle hésitait. Tu vois, tu aurais pu, tu aurais dû me la laisser, il nous restait quoi, vingt ans, vingt-cinq. Trente à tout casser. Encore un instant de jeunesse, le dernier, qui nous aurait longtemps réchauffés.

Assez maintenant. Je suis fatigué, mon frère. Assez.

81

Il était pâle et tranquille cette première nuit. Prêt à tout, comme moi. On tremblait en se couchant, si fort que le lit en était secoué, et nous avons ri. Il s'est blotti contre moi, Protège-moi, Maria, j'ai tellement peur, reste près de moi, toujours, ne me quitte plus, j'ai tellement peur, si tu savais.

Et moi, j'ai pensé, qui va me protéger ? Mais peur de quoi, aussi ? De ce qui a fini par arriver ? À qui la faute ? C'est lui, lui seul qui a décidé pour nous tous, à un moment donné. Une main pour soi, une main pour le bateau, comme on dit. Lui, il a ouvert ses deux mains et s'est laissé tomber.

Lâche. Lâche. Il m'a quittée. Juste au moment où ça devenait possible. Juste au moment où je m'étais décidée. C'est ça, être une femme aimée ? Passer toujours après leur pleutrerie, leur arrogance, leur égoïsme, pour nettoyer ? Qu'est-ce qui leur donne le droit de se conduire si mal ? Et notre sens du devoir dévoyé nous fait tout accepter, et nous continuons malgré tout à nous incliner, et notre colère retombe face au moindre de leurs bobos… Mais pourquoi, mon Dieu, pourquoi même après une existence entière dans l'attente on continue encore d'attendre, sachant pourtant que s'il n'y a rien eu avant, à plus forte raison il n'y aura rien après ? Qu'est-ce qu'elle disait déjà, cette vieille dame, La vie est comme un potager, toutes les salades, toutes les tomates en même temps, et puis plus rien… Ce n'est même pas ça. Il reste bien de vieilles patates à demi enterrées et des têtes de chou pourries. C'est pire, madame. Parce qu'on croit toujours qu'un nouveau printemps est possible, et dans cette attente on continue à se tromper.

J'ai gardé l'angelot, la boucle d'oreille de Manon, que j'avais retrouvée à la Clède ce dernier été. Je l'ai toujours sur moi. Je ne sais pas ce que ça veut dire, mais ça me rappelle, jour après jour, d'où je viens et qui je suis.

82

On entrait dans la quatrième semaine d'absence de Maria, et depuis quelques jours Alexandre buvait énormément, à nouveau. Son teint était jaune, ses yeux injectés de sang. Il sentait mauvais. Je n'ai pas réussi à l'empêcher de sortir, cette nuit-là.

Lorsqu'il est arrivé devant chez Yann, tout était plongé dans le noir, de la rue on ne voyait que les fenêtres sombres, rideaux tirés. Pourtant, Alexandre s'est acharné sur la sonnette. Quelqu'un dans l'immeuble doit l'avoir entendu car le portail qui donnait sur la rue s'est ouvert. Alexandre est monté au dernier étage, a frappé et frappé à s'en faire mal aux poings. De l'autre côté, silence complet. Alors il est tombé à genoux et a supplié qu'on lui ouvre. Rien n'a bougé. La lumière du couloir s'est éteinte. Alexandre s'est recroquevillé sur le paillasson où il s'est endormi.

Il était peut-être huit heures du matin lorsque la porte s'est ouverte. Alexandre l'a vue, dressée sur le seuil, manteau dans une main, dans l'autre un porte-monnaie. Maria, surprise, a crié. Il a fait mine de se lever mais il était lent et confus. Il ne comprenait pas où il était. Sa femme l'a enjambé et a dévalé l'escalier. Alexandre a passé son bras dans l'entrebâillement de la porte avant qu'elle ne se referme et est entré chez son frère comme ça, à quatre pattes.

Yann était debout, nu dans cette cuisine où ils avaient dîné tous les trois tant de fois. Où ils avaient ri, où ils s'étaient disputés, où ils avaient fait la paix. Alexandre a vu, de bas en haut, Yann hirsute, les testicules cachés entre les poils gris, le sexe ballant, les sourcils fauves ébouriffés, la bouche gonflée, les cernes bleus. Tout d'un coup il s'est redressé, mains serrées autour de la gorge de son frère. Il l'a poussé contre le mur, écrasé de tout son poids. Yann ne parlait pas. C'est Alexandre qui a hurlé, C'est ma femme, ma femme, tu sais ça ? Personne ne me la volera. Elle est à moi. Qu'est-ce que tu lui as fait pour qu'elle me quitte, salaud ? Tu lui as explosé le cerveau avec ta grosse bite, c'est ça ? Tu lui as fait perdre la mémoire à coups de queue ? Hein ? Hein ?

Yann ne disait toujours rien. Alors Alexandre l'a cogné. Yann n'a même pas levé la main pour se défendre. Alexandre l'a battu jusqu'à le faire saigner. Après quoi il lui a craché dessus, Sois maudit, tu n'es plus mon frère. Je vais la reprendre, elle est à moi. Tu ne l'auras jamais.

Alexandre est sorti de l'appartement en courant pour rattraper Maria. Il a dégringolé les cinq étages, et lorsqu'il est arrivé en bas, son frère était là. Nu, blanc dans une mare de sang qui avait éclaboussé le trottoir. Les yeux ouverts. Ses pieds frémissaient encore, puis ils se sont immobilisés.

83

Alexandre m'a passé un coup de fil très sobre pour me mettre au courant des derniers événements, sans les commenter. Ensuite il m'a conviée à la cérémonie d'adieu, qui aurait lieu à Perros-Guirec. Au téléphone, il semblait avoir recouvré ses esprits. Je lui ai demandé ce qu'il allait faire, il m'a répondu, Je ne sais pas, Allis, on verra.

Au cimetière, Maria était là, ses enfants aussi. Loin d'elle, ils l'ignoraient. René Glayman, le grand avocat dans le cabinet duquel Yann avait travaillé, se tenait aux côtés d'une jeune femme qui sanglotait sans retenue, mais aucun des collègues de la banque qui l'employait n'était présent. Je ne sais pas pourquoi je n'en étais pas étonnée. Son ami François-Xavier était debout près de son garde du corps, tous les deux si raides qu'on aurait dit des soldats. Je regardais les noms sur les tombes, des noms bretons, Le Guen, Péron, Kerrien, Le Goff, Tanguy, les prénoms aussi, Maël, Yvon. Il y avait un peu de vent, ça sentait les vagues et le sel, la mer, le large.

J'ai cherché Alexandre des yeux, mais il n'était pas là. J'ai remarqué comme tous ces gens regardaient

Maria, et comme elle ne regardait personne. J'ai vu comme elle était seule, et même si je ne l'aimais pas particulièrement, j'éprouvais de la compassion pour elle. Je la respectais. Parce qu'elle s'était battue, parce qu'elle avait gagné et perdu, mais aussi parce qu'elle avait tout essayé. Tout donné, jusqu'au bout.

En sortant du cimetière, j'ai été éblouie par un appel de phares. Alexandre m'attendait dans une grosse voiture grise, une Mercedes que je ne lui connaissais pas. Il m'a ouvert la portière, je suis entrée. Un parfum léger, son after-shave probablement, flottait dans l'habitacle. En me posant une main sur l'épaule il m'a dit, Je ne pouvais pas être là, vous comprenez ? Je n'ai pas répliqué mais il n'en a eu cure, et continué, Nous n'avons pas le temps maintenant, Allis, mais j'aimerais que l'on se revoie. Vous m'avez beaucoup aidé, et j'aimerais vous remercier comme il se doit.

Je l'ai examiné. Il était rasé de près, s'était fait couper les cheveux, et portait un pantalon anthracite et une chemise blanche qui épousaient parfaitement les formes de son corps aminci. Je me suis retournée. Sur la banquette arrière était posée une veste, anthracite elle aussi, qui complétait sa tenue.

J'ai murmuré, Vous semblez aller bien mieux. J'ai vu passer quelque chose dans ses yeux. Quelque chose que je n'y avais jamais vu, comme un éclair noir. Un frisson m'a parcourue, et je me suis dépêchée de descendre. Il a baissé la vitre de mon côté, et, quasi jovial, il s'est exclamé, Quelle journée, n'est-ce pas ? On pourrait presque aller faire du bateau. Puis il a ajouté, Pardon de ne pas vous raccompagner. J'attends Maria.

84

Bien sûr, on s'est revus. Mais ce n'était plus la même chose. Au début, il m'a proposé de l'argent pour me remercier. Une voiture. Tout ce que je voulais. Je n'avais besoin de rien, j'ai refusé.

On dînait ensemble une fois par semaine. Puis une fois par mois. On discutait de politique. De littérature. De cinéma. Mais nous ne reparlions pas de tout ça.

Un jour, c'était un dimanche, il est arrivé en retard. Il a commandé un plateau de fruits de mer pour deux et un montrachet. Et il m'a raconté.

Maria était revenue vivre avec lui. Mais il vivait comme si elle n'était pas là, et ils dormaient dans des chambres séparées. Ils ne se parlaient pas. Peu à peu, ils s'y étaient tous les deux habitués. Maria chantonnait en préparant le dîner. Et puis, un soir, elle était venue dans sa chambre. Nue. Elle lui avait dit, Ça fait un an maintenant que c'est arrivé. Nous avons un mort sur la conscience. Tu en auras deux si tu ne veux pas de moi. Je ferai ce que Yann a fait. Sinon, reprends-moi. Je serai ta femme. Fais-moi l'amour cette nuit, ou nous ne le ferons plus jamais.

Et, à nouveau, ce quelque chose est passé dans ses yeux. Une flamme noire, c'est ce qu'avait dit Maria du démon de son cauchemar, et moi, je ne sais pas comment la décrire autrement. Ça a flamboyé dans ses prunelles rétrécies, et comme la première fois, j'ai tremblé. Puis Alexandre m'a souri et a commandé une autre bouteille de montrachet.

85

J'ai de moins en moins déjeuné ou dîné avec Alexandre les temps qui ont suivi. Depuis sa retraite, il vivait avec Maria à Melrose, où il avait acheté une grande maison. Payée une fortune, mais de l'argent, Yann en avait eu tellement que cet achat entamait à peine le capital. Un capital qui était revenu à son frère une fois les frais de succession réglés.

Pendant ces années-là, ma vie n'avait pas changé. Crise des subprimes, économie du krach permanent, ça continuait, ça empirait, une spirale dont on ne voyait pas la fin. Ça assurait mon pain quotidien.

Un soir, Alexandre m'avait appelée. Il avait proposé un restaurant très cher, j'avais protesté, j'aime bien mieux les bistrots de quartier. Nous avions coupé la poire en deux et étions convenus de nous retrouver dans l'un de ces zincs parisiens qui font la joie des nouveaux bourgeois.

Nous nous sommes donné rendez-vous devant la statue de Danton. Je pensais qu'il allait faire une blague sur mon âme de révolutionnaire, mais il était tellement heureux de me voir qu'il n'en a rien fait.

Nous nous dirigions vers le restaurant, dont les tables débordaient sur le trottoir, quand il s'est tourné vers moi et a pris mes mains dans les siennes. Était-ce pour briser mon trouble que je lui ai demandé, Maria… et vous… il vous arrive de discuter de tout ça ?

Il a lâché mes mains. Le théâtre de l'Odéon était tout illuminé en haut de la rue, il devait y avoir une première ce soir-là. Je pouvais voir son visage à l'expression neutre, comme s'il cherchait ses mots au fond de lui. Puis il m'a dit, Non, nous n'en avons pas reparlé, sauf une fois. Nous étions assis côte à côte devant la cheminée, je sirotais un vieux calva, elle, une verveine du jardin. Nous allions aller nous coucher d'un instant à l'autre lorsque – vraiment, Allis, je ne sais pas ce qui m'a pris – j'ai murmuré, Maria, ma chérie… qu'est-ce qui nous est arrivé ? Ma femme a alors eu un mouvement de recul et a bougé les lèvres sans qu'aucun son n'en sorte, puis elle m'a susurré à l'oreille, tout bas, Je ne sais pas. C'est comme si j'avais rêvé.

Yann est mort depuis dix ans. Alexandre et Maria habitent leur belle maison de Melrose, et je crois qu'ils sont – presque – heureux. Je n'ai aucune nouvelle d'eux.

Ici, la belle saison va commencer. Les rouges-gorges et les mésanges sont revenus sur les oliviers. J'espère que le facteur finira par ne plus avoir peur de ma chienne, et que le ramoneur me rappellera cet automne, car pendant l'hiver ma cheminée a beaucoup fumé.

Maya est encore jeune, mais le cœur des gros chiens n'est pas adapté à leur taille. Grande comme elle est, elle ne pourra pas vivre longtemps, je le sais. J'ai tant de choses à faire, une vie simple à construire. Je vais essayer de durer un peu plus que ma Maya, et d'aimer à nouveau. Sans détour. Sans peur.

REMERCIEMENTS

Il est devenu difficile – et ce serait hypocrite de ne pas le reconnaître – de ne pas puiser dans l'énorme documentation présente sur le Web. Merci donc à Google et à Wikipédia, à Philomag.com, à la revue *Cliniques méditerranéennes* et au formidable blog d'Agnès Giard.

J'ai également puisé mes sources dans *Tennessee Williams. Une vie* de Catherine Fruchon-Toussaint, aux éditions Baker Street, dans le *Traité de la cabane solitaire* d'Antoine Marcel, chez Arléa, et dans les travaux ethnologiques du cabanologue français Christian Jacquelin.

Divers extraits figurent dans ce livre. Ils sont issus de : Carl Gustav Jung, *Ma vie*, traduit par Roland Cahen et Yves Le Lay, © Éditions Gallimard ; Louis Althusser, *L'avenir dure longtemps*, Stock/IMEC, 2007 ; Yves Lugrin,« Sabina Spielrein et la transmission de la psychanalyse », *Le Coqhéron*, n° 197, 2009.

Merci à Me Gérard Chemla, qui en un quart d'heure m'a fait faire le tour du CV de Yann.

Merci à l'île de Melrose – Porquerolles – et à Didier T. qui me l'a fait chérir plus que n'importe quel autre lieu au monde.

Merci à François S., qui m'a appris qu'on peut aimer et tromper en même temps.

Merci à Iohann – on oublie si vite ce qu'on croit savoir.

Merci à Ann Scott, ma complice de toutes les aventures littéraires.

Merci à Nicoletta Pacetti pour son intelligence et sa disponibilité.

Jamais assez merci à mon ami Jessie C. Sa tendresse est un bonheur de tous les jours.

Cette histoire est une fiction, les personnages et l'histoire qui y sont décrits sont donc purement imaginaires. Néanmoins, je tiens à remercier mon ami Renato qui m'a confié un jour son cœur. J'espère ne l'avoir jamais trahi.

Les chansons que Maria joue sur sa guitare, et dont Yann se souvient, sont *She Takes like a Woman*, de l'album *Blonde on Blonde* de Bob Dylan, et bien sûr, *Blue Famous Raincoat,* de l'album *Songs of Hate and Love* de Leonard Cohen.

Du même auteur :

LA DOUCEUR DES HOMMES, roman, Stock, 2005
ÉTOILES, nouvelle, Flammarion, 2006
COL DE L'ANGE, roman, Stock, 2007
LES MAINS NUES, roman, Stock, 2009
DOLCE VITA 1959-1979, roman, Stock, 2010
L'ODEUR DU FIGUIER, nouvelles, Flammarion, 2011
NINA, avec Frédéric Lenoir, roman, Stock, 2013

Le Livre de Poche s'engage pour l'environnement en réduisant l'empreinte carbone de ses livres. Celle de cet exemplaire est de :
250 g éq. CO_2
Rendez-vous sur
www.livredepoche-durable.fr

PAPIER À BASE DE FIBRES CERTIFIÉES

Composition réalisée par Belle Page

Achevé d'imprimer en août 2014 en France par
CPI – BRODARD ET TAUPIN
La Flèche (Sarthe)
N° d'impression : 3006335
Dépôt légal 1re publication : août 2014
LIBRAIRIE GÉNÉRALE FRANÇAISE
31, rue de Fleurus – 75278 Paris Cedex 06

31/7540/3